交番相談員

百目鬼巴

どうめき ともえ

長岡弘樹
Hiroki Nagaoka

文藝春秋

目次

装画　太田侑子
装丁　城井文平

交番相談員

百目鬼巴

裏庭のある交番

1

目が覚めたのは、詰所(つめしょ)の方から話し声が聞こえてきたからだった。

「おまえなあ、トイレの換気扇を直しておけって、前からおれが言ってるだろ。回るとカラカラうるさくて、落ち着いて用が足せねえだろうが」

これは田窪(たくぼ)の声だった。

「すみません。ほかの仕事が忙しくて、つい忘れてました……」

消え入りそうなこの返事は、安川(やすかわ)が発したものだ。

ぼくは休憩室の布団で横になったまま、窓の方を見やった。趣味の悪い花柄模様のカーテン。その向こう側は、もうかすかに明るい。

左腕を目の前にかざした。腕時計のボタンを押し、文字盤のバックライトを点灯させる。午前四時だった。あと三十分したら、安川と一緒に警(けい)らへ出る予定になっている。

「それとな、おまえ、今月に入ってから自転車窃盗(せっとう)の検挙が一件もねえってのは、どういうことだよ」

「……申し訳ありません」

「今月はもう、うちの管区で何台盗まれてるのか、知ってんのか」

「すみません」

「ったく、それしか言えねえのかよ。謝罪マシーンか、てめえは」

会話が途絶えたかと思うと、ピューと甲高い笛のような音が聞こえてきた。これは田窪が立てた音だ。

「おれもな、上からさんざん言われて、かなりまいってんだよ」

「今日こそ捕まえますから、チャンスをいただけませんか」

「待て待て。こっちが闇雲に張り切ったところで、泥棒さんの方から都合よく現れてくれる保証はねえだろ」

「……そうですね」

「こういうときはな、奥の手があるんだよ。警察学校でも教えていない、とっておきの方法がな」

「本当ですか」

「おれがおまえに嘘ついてどうするよ」

「申し訳ありません。——その方法、教えていただけますか」

「知りたいか」

「お願いしますっ」

ばっ、と何かが空を切る音が聞こえてきた。たぶん安川が田窪に向かって思いっきり頭を下げたのだろう。

「じゃあもっと顔を近づけろ」

田窪の声が小さくなった。

耳をそばだてたが、どうしても声を聴き取ることができなかった。

ふわーっ。ぼくは、わざと大きな声を上げて欠伸をしてみせた。そうしてこちらの気配を相手に伝えてから起き上がり、靴を履いて詰所へと通じるドアを開けた。

「おう、平本。しっかり眠れたか」

「はい。ぐっすりと」

嘘だった。警察官になって三年が経つが、交番の休憩室で熟睡できたことなど一度としてない。

見ると、田窪は手に小さな箱のようなものを持っていた。この交番を出てすぐのところに飲料水の自販機が置いてある。そこで売っているパック入りのトマトジュースだ。

パックにはストローが刺さっている。田窪はそのストローを下唇のあたりにつけ、口をすぼませ、息を吹きかけた。またピューと音が鳴る。

顔を洗ったり、身支度をしているうちに、もう午前四時半が迫っていた。

そろそろ出ようか、の合図を安川に送ると、彼は青白い顔で頷いた。

「では、警らに行ってきます」

ぼくが田窪に言うと、彼はまたストローを笛のように吹いて音を出した。それが「おう、行ってこい」という言葉の代わりらしい。

安川と一緒に南原（みなみはら）交番を出た。

建物の北側に小さな駐輪場が設けられていて、そこに白い自転車が三台並んでいる。この三台は、警らだけでなく、署と交番を往復する際にも活躍する相棒たちだ。

警察官の乗る自転車には、前部に筒状の鞘（さや）が取りつけられている。そこに警棒を差し込んでから、サドルにまたがった。

いまは六月下旬。一年で最も日が長い時期だから、午前四時半ともなれば自転車のライトを点灯させる必要もなかった。ただ、時折ぐっと冷え込む朝もあり、寒暖の差がつらい。そんな時は薄手のコートが欲しくなる。

普段なら仮眠をとっている時間帯だった。こうして警らに出たのは、最近、マンションや事務所の駐輪場から自転車が盗まれる事件が相次ぎ、パトロールを強化するように上から通達が出たからだった。

しばらくは、ぼくも安川も無言でペダルを漕ぎ続けた。

斜め前にいる安川は、きょろきょろと落ち着かない様子だ。警らに出た直後からそうだった。人気（ひとけ）のない繁華街の歩道をゆっくりと進みながら、左右にせわしなく視線を送っている。どうやら、ビルとビルの間にある細い通路を注視しているようだ。

ぼくは少しスピードを上げ、安川の真横を並走するようにしながら、

「なあ、タカポン」

彼をあだ名で呼んだ。名前が隆保(たかほ)だから、それをもじって、警察学校時代にぼくがつけたあだ名だ。

ペダルを漕ぎ続けながら、安川が振り向いた。

「さっき、田窪主任と話をしていたよな」

「なんだ、聞いてたの」

「聞こえたんだよ。盗み聞きしたわけじゃない。自転車盗難の検挙数が少ない、って小言を食らっていたように聞こえたけど」

「……そうだよ」

「で、その問題を解決するいい方法があるそうじゃないか。それってどんなだ?」

安川は返事をしなかった。彼は明らかにこの話題を避けたいようだったので、ぼくもそれ以上は追及しなかった。

またしばらく無言でパトロールを続けていると、

「あ、平本くん、待って」

安川は急に自転車を止め、ビルとビルの隙間に入っていった。

そこには自転車が一台置いてあった。いや、タイヤがパンクしているところを見ると、放置されていた、と言った方が正確だろう。

ごく普通のシティサイクル、通称ママチャリだ。銀色のフレームはすっかり艶(つや)を失っているが、パンクさえ直せば乗れないことはなさそうだ。サドルの下にはちゃんと防犯登録証も貼ってある。

「これ、明らかに放置自転車だよね」

「みたいだな。――おい、まさか、持っていくとか言い出すんじゃないだろな」

また安川は返事をせず、黙ってママチャリに目をやっている。

「放っておけよ、こんなもの」

何も仕事を増やすことはない。放置自転車をどうにかしてくれ、という相談はよく交番に持ち込まれるが、その都度こっちだって迷惑しているのだ。

――自転車の登録番号を調べ、盗難されたものと判明すれば警察で引き取ります。しかし、そうでない場合は放置されていた土地の所有者が処分してください。

現在、ぼくの勤務する署ではそういう方針を取っていた。

「タカポン、勘違いすんなって。おれたちの仕事は、自転車を盗んでいくやつらを捕まえることだ。放置自転車の処理じゃないだろ」

「……分かってる」

ぼくは一足先に通路から出て、自転車のベルを一つチーンと鳴らした。

「ほら、さっさと先に行こう」

もう一度ベルを鳴らしたところ、ようやく安川も隙間から出てきて、自分の自転車に跨(また)がった。

2

午前中は署で仕事をし、午後から交番へ向かった。

署から交番へ行く途中、長い上り坂がある。ここを通るときは、なぜか向かい風が吹いていることが多い。そういう場合はペダルが重く、かなりしんどい思いをする。

交番の駐輪場に自転車を停めると、建物の東側に設けられた出入口を素通りし、南側にある通路へと入っていった。

その際、ちらりと中を覗いたところ、詰所には田窪の姿はなかった。

安川もいない。

彼らの代わりに来客応対用のカウンター席についているのは、女性警察官の制服を着た六十代の女性だった。非常勤の交番相談員、百目鬼巴だ。

ぼくは南側の通路を抜け、西側にある裏庭へと出た。

ここは幅五メートル、奥行き三メートルといった狭さだが、いろんな植物の鉢植えが並んでいる。加えて表通りから見えない位置にあるため、心の休まる場所だった。

日本全国には交番が六千か所以上あるそうだが、繁華街にあって庭つきというケースは、かなり珍しいのではないかと思う。

庭の東側、つまり交番の建物のある側には水道が設けてある。地面からパイプが伸びていて、その先には蛇口が、そして蛇口の先には長いホースが取りつけてあった。

水道の向こう側が、ちょうど交番の休憩室になっている。休憩室に入り、花柄模様のカーテンを開け、そして窓ガラスも開ければ、すぐ蛇口に手が届く、といった位置関係だ。

この庭から見て、休憩室の右側がトイレだった。

壁の上の方に、例のカラカラうるさい換気扇のファンが見えている。その真下には燕が巣を作っていた。いまは隠れていて見えないが、あの中に三羽ほど雛がいることは以前から知っている。

ホースを手にして、蛇口のハンドルを回した。庭の植物たちに水をやるのは、主にぼくの仕事だ。

ホースの先端を指でつぶし、どの植物にもまんべんなく水がかかるようにする。

その仕事をそろそろ終えようとしたところ、休憩室の方から大きな欠伸が聞こえたように思った。

窓は細く開いていて、花柄模様のカーテンも中途半端にしか引かれていなかったため、隙間から中を覗くことができた。

畳の上で、田窪の巨体がごろりと横になっている。

本当なら詰所にいなければならない時間帯のはずだが、来客の応対は百目鬼がてきぱきとこなしてくれるから、サボりを決め込んでいるようだ。

「主任、たいへんお疲れさまです」

皮肉を込めた口調で言ってやったが、

「おう、帰ってきてたのか。ご苦労さん」

寝ぼけているせいか、田窪はこっちの底意にまるで気づかないようだった。

水やりを終え、ぼくは詰所に入っていった。

「たいへんお疲れさまです」

さっき田窪にかけたのと同じ言葉で百目鬼に挨拶(あいさつ)をする。

「ああ、平本くん。お帰りなさい」

百目鬼巴――名前はやけに恐そうだが、実際は性格の穏やかな初老の警察ＯＧだ。

県警本部の地域、交通、生活安全、警備、総務、警務とひと通り渡り歩いてきたと聞いている。科学捜査の知識も豊富に有しているらしく、そのため刑事部から「未解決事件の捜査にあたってほしい」と熱烈なお呼びが掛かっていたようだが、その仕事は嫌だと断り続けたらしい。

最近の若い連中には、忙しいからという理由で刑事畑を敬遠する者が多い。だが、百目鬼が現役だった時代なら、まだまだそこは花形部署だったはずだ。

以前、「なぜ未解決事件の捜査が嫌だったんですか」と訊いたことがある。

百目鬼の答えは、「ものごとをほじくり返すと、ろくなことがないから」だった。その言葉の真意は、いまに至るも、ぼくにとっては不明のままだ。

ともかく、今年の三月に彼女は定年を迎え、四月から非常勤の相談員として、この交番に週三回ほど顔を出すようになっていた。

まだ休憩室から出てくる気配のない田窪を気にしながら、

「お茶を淹(い)れましょうか」

百目鬼にそう声をかけたときだった。

「あのう、すみません」

入口で声がした。見ると、お世辞にも身なりがいいとは言えない五十がらみの男が立っている。

「ちょっと助けていただきたくて、お邪魔しました」

百目鬼が立ち上がって、男に軽く会釈(えしゃく)をした。「わたしが御用を伺いましょう」

これから遠方にある自宅へ列車で帰らなければならないが、財布を落としてカードもなくして困っている。それが、この男が持ち掛けてきた相談の内容だった。鉄道の運賃は七千円ほどかかるらしい。

「困りましたね」百目鬼は椅子の背凭(せもた)れに体を預けた。「たしかに公衆接遇弁償費というものがありますが、いくらなんでもそんなには貸せません」

男は肩を落とした。「……ですよね」

「あなた、ご職業は何ですか」

「トラックの運転手をしています」

「そうですか。——ところで、どうでしょう。いまから、あなたはわたしの友人になりませんか」

「は？」

ぼくが淹れた茶を、百目鬼は男にすすめながら続けた。「この場で、わたしと友達同士になってくれませんか」

「……ええ、別に構いませんけど」

「では」

百目鬼は制服のポケットから何かを取り出した。自分の財布のようだ。そこから一万円札を一枚抜き取り、男の前に差し出す。

「これをお貸しします。友人として」

「助かりましたっ。ありがとうございますっ」

相談者の男は、一万円札を押し戴(いただ)くようにして、何度も頭を下げつつ交番から出ていった。

「いいんですか、あんなことして」男の後ろ姿を見ながら、ぼくは百目鬼に言った。「寸借詐欺(すんしゃくさぎ)かもしれないじゃないですか」

「いまの人、トラックの運転手をしてるって言ってたよね」

「ええ。でも本当は無職かもしれませんよ。言葉だけで信用できますかね」

「平本くんは、あの人の手を見たかな」

「手……？　いいえ」

「右手と左手の甲で、肌の色が違っていたでしょ。右手がずっと黒かった。つまり日焼けをしていた」

そんなことには、まったく気づかなかった。

「右ハンドルの車にいつも乗っていたら、どうしてもそうなるよね」

「ええ。それで、嘘をつく人じゃない、と思えたわけですか」

「そう。だからお金を貸したの」

ぼくは百目鬼の顔を見据えた。思わずそうしていた。

外見に特別なところは一つもない。中肉中背のどこにでもいそうな普通のおばさん。そうした陳腐な表現こそが一番似合うこの人が、現役時代は刑事部から熱心にラブコールを受けていた。その理由が、いまちょっとだけ分かったような気がした。

「ところで、安川くんはどうしたのかな」

そうなのだ。実はさっきからぼくもそれを気にしていた。

安川と一緒に早朝のパトロールに出たのが四日前だ。あの日以来、シフトが重なることはなく、彼とは顔を合わせていなかった。メールで近況を訊ねてはいた。なのに、いっさい返信がなかったのはどうしたことか。

今日は久しぶりに相勤だから会えると思っていたのだが、なぜか予定の時間になってもまだ安川は顔を見せない。

このとき、やっと休憩室から田窪が出てきたので、彼に訊いてみることにした。「安川はどうしました。遅れてくるんですか」

「いや、今日は休みだ」

「本当ですか。そんな連絡は安川から受けていませんが」

欠勤するときは、決まってぼくにも個人的にメールをよこすのが常だった。

「急病か何かでしょうか」

「どうだろな」

言葉を濁し、田窪は珍しく自分の方から目を逸(そ)らした。

ぼくは夕方まで交番にいたが、安川のことが気になり、仕事にほとんど身が入らなかった。

午後五時。シフト明けの時間になると、まだ残っていた書類仕事を放り出し、急いで自転車に跨った。

帰りは下り坂だから楽だ。飛ばせるだけ飛ばして寮に帰ると、周囲が妙に騒がしかった。署の隣に建つ四階建ての古びた建物。その出入口を遠巻きにするような形で人だかりができているのだ。

ほとんどがジャージか普段着姿の若い男ばかり。なかには警察官の制服を着ている者もいる。ほぼ全員が顔見知りだ。つまりこの独身寮に住んでいる連中が、建物の外に出て集まっているのだった。

いや、もっと正確に表現すれば、建物から慌てて出てきた、もしくは急(せ)かされつつ追い出された、といった様子だ。

人垣を掻(か)き分けて前に進んでみると、出入口の前に救急車が停まっているのが見えた。

最前列には、ぼくの隣室に住んでいる後輩がいた。肩を摑(つか)んで声をかけてみる。「この騒ぎは何だ？」

「事故があったみたいですよ」

「事故って、どんな」

嫌な予感がして頬の肌が粟立つのを感じたとき、建物の出入口から救急隊員が担架を担いで出てくるのが見えた。隊員たちは全員、顔に面体と呼吸器を装着していた。

火事か？　そう思って建物を見やったが、煙はどこからも上がっていない。

はっきりと確認できたのは、担架で運ばれてきた人物の顔が安川のものであること、それだけだった。

3

今日は夕方まで田窪と二人だけの勤務だ。

ぼくがカウンター席についていると、出入口の向こう側に小さな人影が見えた。入ってきたのは小学四年生ぐらいの男児だった。

「自動販売機の前に、これが落ちてました」

そう言って、男児はカウンターに硬貨を載せた。五十円玉だ。

「ちゃんと届けてくれてありがとう。偉いね」

そうは言ったものの、内心では迷惑していた。五十円玉一つでも届け出があった以上、書類をきちんと作成しなければならない。まったく面倒な話だ。

ぼくは「拾得物件預り書」の用紙を取り出した。

男児から聞き取りをしつつ書類を作成していると、田窪がそばに来てカウンター上の五十円玉を手にした。

「なあ、坊や」田窪は男児に向かって、ぬっと顔を近づけた。「退屈だろうから、おじさんが芸を見せてあげようか」

そう言うなり、五十円硬貨をぴたりと唇に当て、頬を膨(ふく)らませる。そして息を吐き出した。硬貨の穴がプピューと妙な音を奏でる。

「どうだ、上手いだろ」

そうしているあいだに、ぼくは預り書の記入を終えた。これはカーボンコピー式になっている。下の控えの方を切り取り、男児に預けた。

「これ、お父さんかお母さんに保管してもらってね」

子供がいなくなると、ふたたび交番内は静寂に包まれた。

「安川のやつ」ぼくは田窪に言った。「いまごろ天国でどうしているでしょうね」

彼が寮の部屋で自殺してから、五日が経っていた。

そのあいだに、ぼくは安川の両親から遺書を見せてもらった。

【自身の悪行を恥じた結果、自死を選ぶことにしました】との一文から始まり、両親や世話になった人への感謝と、死を選んだことに対する謝罪の言葉が便箋(びんせん)一枚にびっしりと綴(つづ)られていた。

【いま手元に、酸性の洗剤と硫黄入りの入浴剤がありますので、これで硫化水素ガスを発生させて死ぬことにします。わたしの遺体を発見した方は換気にご注意ください。そうだ、それで急に思い出しましたが、交番の換気扇を直す仕事をやり残してしまいました。申し訳ありませんが、親友の平本くん、どうかわたしの代わりにお願いします】

ぼくの名前も、そんな形で文面に登場していた。

誰かを恨むような言葉は一言もなかった。そこが安川らしいところだ。

若手警察官の自殺は、それほど珍しい事件ではない。新聞記事の扱いは地元紙でも大きくなかったし、全国紙では載せていないところもあった。

「天国のベッドは柔らかいだろうから、ぐっすり寝ているんじゃねえか。――それにしてもまいったぜ」田窪は短く刈り込んだ頭に手をやった。「今回のことは、全部おれのせいかもしれねえな」

「と言いますと?」

「実は、先月、あいつにきつく発破をかけたんだよ。自転車盗犯の検挙数が少ないってな」

「え、そうだったんですか」知らないふりをして、ぼくはそのように応じた。

「それで、あいつに教えてやった方法があるんだ」

「どんな方法です?」

「なあに、大したことじゃない。その辺から放置自転車を拾ってきて、張り込みしやすい場所に置いておくんだ。そして」

「もしかして、誰かに盗ませるんですか」

「おお、冴えてんじゃねえか。そのとおりだよ」

実はすでに寮内に流れていた噂で、ぼくもだいたいのことは承知していた。安川は実際にそれをやってしまったらしいのだ。

彼はビルの隙間に放置されていたあの自転車を拾ってきて、公園近くの路上にわざと置き、植え込みに隠れて張り込みをしていた。

やがて自転車を持っていこうとする者が現れた。公園の近所に住む大学生だった。安川は植え込みから飛び出し、大学生を現行犯で逮捕した。だが、この大学生の母親が、路上に自転車を置く安川の姿を目撃していた。

安川は、占有離脱物横領の容疑で書類送検され、上層部から謹慎を命じられていた。だから四日間も連絡が取れない状態だったのだ。

結局、自ら手を染めた不正な行為を苦にして、彼は硫化水素ガスを吸ってしまった……。

「あいつ、真に受けやがって」

そう言って田窪は、ボールペンのキャップを外し、それを顎のあたりに当てた。ピュルルと力のない音が出る。

彼は最近、趣味でサキソフォンを始めたらしい。そのため、吹いて音が出そうなものがあれば、とりあえず口元に持っていく、という癖がついてしまったようだ。

「おれは冗談のつもりで言ったんだ。実際にどこかの県警で、それをやった警察官がいてな、問題になったことがあった。だから、まさか安川が本当に実行するなんて思っていなかった」

「そうだったんですね」

帽子を手にして、ぼくは椅子から立ち上がった。

「署の地域課に呼ばれていますんで、ちょっとこれから行ってきます。休憩室に差し入れのチョコ菓子を置いときました。どうぞ食べてください」

「おう、悪いな」


地域課での用事を終え、交番に戻ったのは夕方だった。今日は無風だから、坂道を漕ぐのが楽だ。

建物に入る前、いつものように裏庭に回った。

水道のハンドルを回し、ホース内に溜まっていた水分を地面に捨ててから、鉢植えに水をやる。

建物の方を振り返ると、この前のように休憩室の窓が少し開いていた。

覗いてみたところ、これも前回と同じように田窪が畳の上で横になっている。

ぼくは窓の隙間に顔を近づけ、中に向かって声をかけた。

「平本です。戻りました」

返事がない。

「田窪主任。いつまでも休憩していてもらったら困りますって。今日は百目鬼さんの応援がない日ですから、詰所が無人のままになってますよ」

声を強めてそう言ったが、やはり田窪からの応答はなかった。

植物に水をやり終えてから、ぼくは建物に入った。

休憩室へ上がり、田窪の巨体を揺り動かしてみる。

いくら強く揺すっても、彼は目を覚まさなかった。

4

交番のトイレに入った。

センサーが作動し、自動で照明が点く。経年劣化で調子のおかしくなった換気扇がカラカラとうるさい音を立てている。

安川の遺書を思い出した。彼はこの換気扇を直しておくよう、田窪から言われていた。その仕事は彼の遺志によってぼくの手に託されていたのだが、何かと忙しくてすっかり忘れてしまっていた。

小用を足し終えたあと、洋式便器の上を見やった。そこには扉つきの棚が設けてある。

扉を開けると、洗剤が入っていた。どこにでも普通に売っている酸性のトイレ用洗剤だ。

床に目をやる。

洋式便器の横。ここに粉末タイプの入浴剤の袋が落ちていた。硫黄入りのやつだ。そのように報告書には記載してあった。

ぼくが田窪の死を署に通報して、駆けつけた捜査員が現場を調べた後にまとめた報告書だ。ぼくも事件関係者の一人だから、それを閲覧することができた。

司法解剖の結果、田窪の死は硫化水素による中毒死と断定された。

視線を洗面台に移した。報告書によれば、田窪はこの中に入浴剤の粉末を撒(ま)き、洗剤を垂らして硫化水素ガスを発生させたことになっている。

硫化水素ガスで自殺を企(くわだ)てた場合、即死するとは限らない。濃度によっては死亡するまでしばらく時間を要するケースがある。

田窪のケースでも即死ではなく、トイレから出て休憩室まで戻る時間はあった。死の間際になって、田窪は死に場所がトイレであることを嫌ったのではないか。そこでトイレから出て、休憩室まで力を振り絞って移動してから息絶えた。それが報告書の見解だった。

トイレから出た。

クローザーがついているから、ドアはひとりでに閉まる。照明も自動で消えたが、換気扇のカラカラ音はまだ聞こえている。こちらは人の気配がなくなって以後も十分間だけ回り続ける仕様になっているせいだ。

詰所に戻って勤務表に目をやった。今日の午前中、交番にいるのはぼくと百目鬼の二人だけ、ということになっている。

その百目鬼はまだ来ていない。

近くの自販機で買ったパック入りのオレンジジュースをカウンターに置いた。それにストローを刺したとき、交番に入ってきた人物がいた。百目鬼ではなく、郵便局の配達員だった。

「現金書留です。印鑑かサインをお願いします」

百目鬼宛にだ。ぼくが代理で受け取りのサインをし、彼女が来るまで預かることにした。

配達員が出ていってから二、三分ほどして、今度こそ百目鬼が姿を見せた。今日は少し疲れたような顔をしている。

「たいへんなことになっちゃったわね」

この交番に詰めていた人間が二人まで自殺してしまったのだから、安川のときは鈍い反応しか見せなかったマスコミも、今回は大騒ぎをしている。

田窪が死んでいるところを最初に発見したぼくも事情を聴取されたが、同僚と先輩をいっぺんに失った心痛を斟酌（しんしゃく）してか、調べに当たった担当者も始終どこか遠慮がちだった。

――自分が冗談のつもりで指南した自転車窃盗犯を挙げる方法。それを部下の安川巡査が真に受けて実行したことに、田窪巡査部長は深く責任を感じていた。そんな折、安川巡査が死を選んでしまったことで、さらに自責の念を深め、自らも同じ手段による自死に至った。

署長は、昨日の記者会見でそのように発表している。

「田窪主任はこのところ何かというと」

ぼくはオレンジジュースのパックに刺したストローを顎のあたりに当て、息を吹いた。

スピュー、と間抜けな音が出る。

「こんなことをしていましたね」

「吹奏楽器に凝り始めた人って、たいていそんなものよ」

「子供が道端で拾ってきた五十円玉でも、平気で唇に当ててましたっけ」

「それだけは真似しない方がいいと思う」

「ですよね。衛生観念がなさすぎますよ。——そう言えば、これ、受け取っておきました」

百目鬼に現金書留の封筒を差し出した。

「ありがとう」

彼女はその場で封を切った。中から出てきたのは一万円札だった。手紙も一緒に入っている。

百目鬼が開いたその文面を、ぼくは脇から覗き見た。

【その節は助けていただき、まことにありがとうございました。利子をつけてお返ししようと思いましたが、それではかえって百目鬼さんが恐縮してしまうかと思い、申し訳ありませんが、借りた分だけをお返しします。またご挨拶に伺います。友人より】

「もしかして、先日、財布を落として困っていた男の人からですか」

「そう」

「本当に返済してきたんですね」

「だから言ったでしょ。——わたしが四十年間の警察生活で学んだことの一つを教えてあげましょうか」

「ぜひお願いします」

「『犯人逮捕に結びつく一番のきっかけは、刑事の名推理なんかじゃなくて、住民からの通報である』ってこと」

だから市民には親切にしておかなければならない、というわけか。なるほど、先達(せんだつ)の考え方は深い。いい勉強になる。

「いい勉強になった。そう思ったでしょ」

簡単に思考を見透かされて、頷きながら頬が火照(ほて)るのを感じた。

「じゃあ、もう一つ教えてあげましょう。ついてきて」

百目鬼は出入口の方へ向かいながら、

【御用のある方は左のボタンを押してください】

そう書かれたプレートを、カウンターの上に置いた。

交番に入ってすぐ、左側の壁にはチャイムのボタンが設置されている。その音がポーンと鳴れば、たとえ裏庭にいても人が来たことが分かる仕組みだ。

建物から出て百目鬼が向かった先は、まさにその裏庭だった。

5

「あれ見てごらん」

裏庭に着くと、百目鬼は建物に向かってトイレのある方を指差した。高い位置に換気扇のファンが見え、そのちょうど真下に燕が作った巣がある。いま百目鬼の指先は、その巣を指し示しているようだ。

「子育て中の燕って、すごく頻繁に餌を運ぶんだよ」

彼女の言葉どおり、待つほどもなく親鳥が飛来して巣の縁に止まった。同時にピイピイと子の鳴き声がし、いままで巣の底に隠れていた雛たちの顔が覗き見えた。

「可愛いわねえ」

目を細め、しみじみとした口調で言う百目鬼を横目で見やりながら、ぼくは、そう言えば、と思った。

そう言えば、百目鬼の家庭はどうなっているのだろう。子供や夫はどんな人なのか。いや、そもそもそういう家族がいるのかいないのか。知り合ってから三か月ほどになるが、ぼくはこの人の私生活をまるで知らないことに、いま初めて思い当たった。

「でも、あの燕が何か？」

いつまで経っても百目鬼が次の言葉を口にしようとしないため、しびれを切らして、こちらの方からそう水を向けた。

「田窪主任は」百目鬼は言った。「トイレ内で硫化水素を発生させた。そういう結論だったよね」

「ええ」

「ところで、巣のすぐ上に換気扇のファンがあるでしょ。あれって、トイレに入るとセンサーで回り始め、人が出たあとも十分間は回転を続けるようになっているよね」

「そうです」

「だったら、おかしいと思わない？」

「何がです」

「自殺を図った田窪主任がトイレから出る。ドアはクローザーでひとりでに閉まる。そして換気扇はあと十分間は動き続ける。こういう状態だったら、絶対に燕の雛たちはトイレに立ち込めた硫化水素ガスを吸っているはずだよね」

「……ですね」

「あんなに小さなか弱い生き物だもの、ちょっとでも有毒ガスを吸ったら、すぐにコロリと死んじゃうはずじゃない？」

　異論はなかった。

「だけどほら、ああしてちゃんと生きている。おかしいでしょ」

「風のせいでファンから出た有毒ガスがすぐ横に流れた、そのせいで吸わなかった、とは考えられませんか」

「考えられない。だって、あのときは無風だったもの」

　たしかにそのとおりだ。坂道を自転車で上るのが楽だった記憶がある。

「呆(あき)れたことに、報告書にはトイレの換気扇と燕の巣についての記述が一行もないのよ」

「おっしゃるとおりです。言われてみれば、こういう捜査も、けっこう杜撰なんですね」

「ええ。先入観があるとこういう失敗をする。今回は、田窪主任の自殺場所はトイレだ、と頭から決めてかかったせいで、完全に見落としたわけ」

「すると、主任はトイレで硫化水素ガスを発生させたのではない、ってことになりますね」

百目鬼はゆっくりと首を縦に振った。

「じゃあ、休憩室で発生させたんでしょうか。死亡現場である、あの部屋で直接」

今度は首を横に振った。「休憩室にはそれらしき形跡がなかった」

「ですよね。でも解剖の結果、硫化水素で死んだことは確実だし……。じゃあ、いったい主任が自殺したときの状況って、どんなだったんでしょう。百目鬼さんはどうお考えですか」

「そうねえ……。犯人はどうしたかというと、おそらく」

犯人——田窪が死亡した経緯を根底からひっくり返す言葉。それを百目鬼は何の躊躇いもなくさらりと口にした。そのせいで、ぼくもうっかり聞き逃すところだった。

「待ってください。いま『犯人』と言いましたよね。ってことは他殺なんですか」

何を当たり前のことを言ってるの、といった顔で頷いてから、百目鬼は水道栓の方へ歩み寄った。そして蛇口に繋がれているホースを手にする。

「おそらく、これを使ったんじゃないかしら」

「ホースを、ですか」

「ええ。まずこうやって」

百目鬼はホースを軽く振り、遠心力を使って中に溜まっていた水を少しだけ外へ出した。

「ちょっとした空洞を作ってから、ホース内に硫黄入り入浴剤の粉末を入れるの。そして酸性洗剤を注ぎ込む。まあ、順序はどっちでもいいと思うけれど、とにかく、そのあいだ犯人は、用心のために息を止めていなくちゃいけないわね」

「ですね」

「そうしてからホースを、こうしておく」

百目鬼は休憩室の窓を外から細く開け、狭い隙間にホースの先端を差し込んだ。

ホースは自重のせいで下にずり落ちようとするが、窓が噛む力の方が強く、そのまま固定されている。

「それから、どうするんです」

「どうもしない。こうやっておいたら、あとは休憩室に田窪主任が来るのを待つだけ」

「ですが、このままでは無理ですよ」

ぼくはホースを指差し、それが自分の重さで下に落ちようとしていることと、そのせいで休憩室に入り込んでいる先端部分が斜め上を向いていることを指摘した。硫化水素は空気より重いから、この状態ではホース内に留まり続けるだけで、外へ漏れ出したりはしない。

「それとも、田窪主任が休憩室に入ってきたのを見計らって、犯人はこれを」

ぼくは蛇口のハンドルに手をかけた。

「捻ったということですか？　そうやって水の力でホースの中に溜まっているガスを外に押し

出した、ということでしょうか」

「違うよ。そんなふうにしたら、どうしたって水が余分に出て、休憩室の畳が濡れるでしょ。そんな異変が現場に残っていたら、誰だって不審に思うじゃない」

「ですよね」

たしかに、畳が濡れていたという記載も報告書にはなかった。

「余計なことは何もしなくていいのよ。本当にこのままにしておくだけ。あとは休憩室に田窪が入ってきさえすればよかった」

ここで、ぼくは思わず怪訝(けげん)な表情をしたに違いない。百目鬼が主任の名字を呼び捨てにしたからだ。

その百目鬼はというと、いっさい表情を変えずに、

「さ、戻りましょ」

それだけを言い、南側の通路をさっさと帰っていく。

ぼくは慌てて彼女の背中を追った。

幸い、ぼくたちが裏庭にいるあいだ、交番を訪れた市民はいなかった。

建物内に入った百目鬼は、このまま通常業務に取り掛かるのかと思ったが、そうではなかった。詰所を素通りし、靴を脱いで休憩室へ上がり込む。

いいように振り回されている自分を感じつつ、ぼくも小上がりになった和室へ足を踏み入れた。

「ここで死んでたのね、田窪は」

また呼び捨てにして、百目鬼は着ているベストの胸ポケットに手をやった。そこに差し込んでいた何本かのボールペンのうち一本を抜き取る。ノック式ではなくキャップを被せてあるタイプのボールペンだ。

百目鬼はそのキャップを外し、口元に持っていった。唇をすぼめて息を吹きかけると、ヒュウと掠（かす）れた音が鳴った。

「田窪はサキソフォンに、すごく凝り始めていて、こういう癖がついていたんだよね」

「ええ。さっきも言ったとおり、吹いて音が出そうなものなら、どんなものでも吹いてみようとしていましたね」

「だとしたら、田窪にとっては――」

百目鬼はボールペンのキャップを元に戻してから窓際に近づいた。

ホースは窓に挟まったままになっているから、その先端部分は、いまも斜め上を向いた状態でこの部屋へ入り込んでいる。それを指差し、彼女は言った。

「これはホースではなく『吹いて音が出そうなもの』だったんじゃないかな」

そして百目鬼は、ホースの先端部分を手に持って引っ張った。

動いたホースに押される形で窓が少し開く。

「もちろん、田窪はどうしてホースがこんなふうになっているのか不審に思ったはず。だけど、まさか内部に有毒ガスが仕込まれているとは予想もしなかったでしょう。とにかくサックスに凝っている彼は、これまたいい練習台が見つかったと思って、こうして吹いた」

百目鬼はホースの先端を顎のあたりに持っていき、唇をすぼめて息を吹きかけた。

ボウーッと、ボールペンのキャップなどとはまるで違う迫力のある音が出た。

「こんないい音が出るなら、きっと調子に乗ってもう一度吹こうとしたでしょうね」

ホース先端を顎の位置につけたまま、百目鬼は深く鼻と口から息を吸い込んでみせた。

「ね。こうして哀れ、田窪はホース内の硫化水素ガスを胸いっぱいに取り入れてしまったわけ。するど当然こうなる」

百目鬼はホースを手離した。

ホースの大部分は外側にある。室内に入れてあった部分は、自重であっという間に窓の外へと引き摺(ず)られるようにして消えてしまった。

続いて百目鬼は、畳の上にばたりと倒れてみせた。

体の右側を下にして、しばらく動かずにいたが、そのうちごろりとあおむけになり、じっとぼくの顔を見上げてくる。

「これでよく分かったでしょ。犯人の用いた殺害方法が」

ぼくは返事をしなかった。

「もちろん犯人は証拠を隠滅(いんめつ)したはず。田窪が死んでいるのを確認しがてら、水道栓のハンドルを回して水を出し、ホースの中に残っていた硫化水素ガス、洗剤、入浴剤を全部洗い流したことでしょうね」

百目鬼の視線が刺すように痛い。

「もちろん、自殺に見せかけるための偽装工作も怠らなかった。トイレの洗面台に硫化水素を発生させた痕跡を残したり、便器の横に入浴剤の空袋を捨てておいたりと、抜かりなく手を打った」

「犯人の……」ぼくの声は掠れていた。「動機は何なんでしょうか」

「復讐だと思う。ただし自分のじゃない。親友のよ」

全身が汗ばんでいるのを感じながら、ぼくは百目鬼の口元を注視し、次の言葉を待った。

「この交番に勤務している人なら誰でも薄々感じていたはずだけど、田窪は安川くんにパワハラを働いていた。安川くんはそのせいで追い詰められ、ついには不正に手を染めて自滅していった。田窪は上辺では彼の死を残念がっていても、内心ではちっともそんなふうには思っていなかった」

百目鬼の言うとおりだ。ぼくは田窪の態度を思い出していた。

――全部おれのせいかもしれねえな。

口ではそんなことを言いながら、ボールペンのキャップでサックスの練習をしていたあの軽薄な態度を。

しばらく百目鬼と見つめ合ったあと、ぼくは言葉を絞り出した。

「つまり百目鬼さんの推理では、犯人は誰なんですか」

「そうね。犯人の特徴として、大きな条件は一つだけ。さっきもちょっと言ったけど、仇討ちを目論むくらいだから、安川くんの親友だったということ。――そう言えば、平本くん。田窪が死んでいるのを発見する直前、あなたは裏庭の植物に水をやったのよね」

首を動かす気力がもうなかったため、頷きは目で返した。

「すると、水道栓のハンドルを回して水を出し、ホースの中にあった硫化水素ガス、洗剤、入浴剤を全部洗い流したのは、十中八九きみだと考えていいわけだ」

もう一度、目で肯定の意を返してから、ぼくは粘ついた口を開いた。

「その犯人を……百目鬼さんは、どうするつもりなんです」

「どうもしない」

それが彼女の口から、何の抵抗もなくするりと出てきた答えだった。

「放っておく。わたしはただ、せっかく考えついた答えを誰かに話したかっただけ」

ここでようやく百目鬼は体を起こした。

「本当だよ。前にもわたしは言ったでしょ。ものごとをほじくり返すと、ろくなことがない、って」

そのときポーンとチャイムの音が鳴った。来客のようだ。

「すみません、この近くでスマホを拾ったんですが」

詰所の方から聞こえてきたのは若い女性の声だった。拾得物の届け出らしい。

「はい。ちょっとお待ちください。いま行きますので」

百目鬼はがらりと口調を変えて明るい声で応じ、こちらの肩を強めに叩いた。

「ほら、ぼやぼやしない。きみが安川くんの分まで働いてあげなきゃ」

その言葉には、首でしっかりと頷くことができた。そしてぼくは小上がりを降り、詰所に通じるドアを開けた。

瞬刻の魔

1

【脱法ドラッグの一つに、ある種のハーブがあります。最近、ＪＲ花苑(はなぞの)駅の周辺に、この脱法ハーブの密売人が出没しています。】

今回の「交番だより」は、そんな文面から始めてみるかと思いつつ、おれは蛍光灯の真下に原稿用紙を引き寄せた。

【二〇一三年九月現在、こうしたハーブの所持・使用等はまだ規制されていませんが、来年の四月一日からは違法となります。】

そう書き進めたとき、交番のすぐ近くにある踏切で警報機が鳴りはじめた。

あのカンカンという音を耳にすると、仕事を急(せ)かされているような気がしてならない。おれは鉛筆を握る手に力を込め直した。

【脱法ハーブについては、健康上の被害例が多数報告されています。最近、本交番の管轄区域内で出回っているハーブは、人間の視覚に異常をひき起こす作用を持っているようです。若者は好奇心で、年長者はストレス解消のため、つい魔が差してこの手の脱法ドラッグに手を出してしまうケースがよくあります。けっして使用しないようにしましょう。】

最後の句点を原稿用紙のマス目に書き入れたとき、花苑駅から走ってきた電車が踏切を通過していき、踏切の警報音も止んだ。

脱法ドラッグに注意を喚起する記事。それを予定のほぼ半分ぐらいまで書き上げ、おれは大きく伸びをした。

ついでに出そうになった欠伸を慌てて呑み込んだのは、交番正面にある自動ドアのガラス越しに人影が見えたからだ。

「どうも心臓に悪いよな、踏切の音ってのは」

そんな言葉と一緒に交番内へ入ってきたのは、長身でがっしりした体格の男だった。

神多(かんだ)充俊(みつとし)だ。私服姿で、右手にはコンビニのレジ袋を提(さ)げている。

神多は交番内に入ってくると、スツールの一つを引き寄せ、おれが使っている机の横に座った。何か特殊なフレグランスでもつけているのか、彼の体からは嗅(か)ぎ慣れない香りが漂ってきている。線香にちょっと似た匂いだ。

「年中あんなに耳障りな音を聞いていたら寿命が縮んじまいそうだ。なあ、屋代(やしろ)、おまえはそんな気がしないか」

「そうでもないぞ、聞き慣れちまえばな」とおれは応じた。「あのカンカン音を耳にしたときは、かえって仕事のスピードが速くなるような気がしているぐらいだ」

「へえ、そういうもんか」

「そういうもんだ。ただ、ぼうっとした様子であの踏切の近くに立っている人間がたまにいてな。おそらく自殺企図者ってやつだ。そういう連中を目にしちまうという意味では、たしかに踏切そばの交番ってのは心臓に悪い職場だ」

この交番に配属されてから一年半になるが、幸いにもまだ飛び込み自殺の現場に出くわしたことは一度もなかった。

神多は手に持っていたレジ袋をおれの机に置き、その中に手を入れた。袋がめくれ、入っているものがちらりと見える。近所のスーパーの弁当と缶ジュースだ。弁当は海鮮丼だった。白米の上にマグロと白子、それに筋子が載っている。神多が自分のために買った夕食らしい。

神多が勤務している鉄道警察隊の事務所にも、この交番と同じように給湯室があり、そこには冷蔵庫が備えつけてあった。だから外で弁当類を購入してきた場合でも、食べる時間が来るまで保存しておくことができる。

神多は袋から缶ジュースの方を取り出した。

「これ、差し入れな」

そう言って、五百ミリリットル入りの長い缶をこっちに向かって放り投げてくる。

缶のデザインはずいぶん毒々しい。飲みつけないからよく分からないが、たぶんこれが最近よく耳にする「エナジードリンク」というやつだろう。カフェインやアミノ酸、ビタミンなどの成分が入った炭酸飲料だ。

片手をちょっと上げることで差し入れの礼を伝えると、神多はおれの机の上を覗き込んできた。

「いまは何の仕事をしてたんだ？」

「ちまちまと作文をしてたところだよ」

おれは机の上から原稿用紙を取り上げ、神多の前に掲げてみせた。

「交番だよりってやつだな。しかし、いまどき鉛筆で手書きかよ。おまえ、パソコンぐらい使えるだろ」

「いや、交番員の書いた文字をそのまま印刷して完成品にするから、鉛筆を使わないと駄目なんだ」

原稿用紙を机に戻し、今度はおれの方が訊いてみた。

「そっちはいま、チョウラか？」

私服捜査員を表す警察隠語はいろいろあるようだが、おれが知っているのはほんの少ししかない。「デコピン」、「ジケイ」、「チョウラ」。この三つだけだ。おれと神多が会話の中でよく使うのは最後のやつだった。ちゃんと調べたことはないが、「一張羅（いっちょうら）」が語源だろうことは容易に想像がつく。

「そうだ。さっきは六時から八時までの二時間で三人パクったぜ」

痴漢、盗撮、置き引きが一件ずつとのことだった。特に今日は金曜日だから、羽目を外す酔客が普段よりも多い。神多にしてみればかき入れどきだ。

神多がいる鉄道警察隊は、ＪＲ花苑駅の構内に事務所を構えていた。

同駅はここから二百メートルほどしか離れていない。近場だから、この友人はたまにおれに会いに来る。私服で勤務している際、休憩時間になると、彼は駅舎を出て近辺をぶらぶら歩く。そして花苑踏切前交番の前まで来ては、おれが一人で番をしていると見るや、こうして中に入ってくるのだ。

それはともかく、神多の仕事ぶりを知り、おれは心中に不快なざわつきを覚えずにいられなかった。こっちは最近、目立った仕事をしていない。立番（りつばん）、見張り、パトロール、書類作りと、交番勤務のルーティンをロボットのようにこなしているだけだ。

「ほう。だいぶ活躍しているみたいだな。そのうち刑事課からスカウトの声がかかるんじゃないか」

むくむくと大きくなりつつある嫉妬心（しっとしん）を抑えつけ、また、そんな心の動きを表に出さないよう注意しながら、おれはそう神多を持ち上げてやった。

「だといいけどな。まあ、けっこうストレスは溜まるが、やりがいのある仕事だってことは確かだ。――しかし面白いことに、痴漢のやつも盗撮のやつも置き引きのやつも、今日捕まえた連中には共通点があった。全員が開口一番、同じ言い訳をしやがったんだ。何て言ったと思う？」

「『つい魔が差して』あたりじゃないか」

お決まりのフレーズだから、簡単に見当がついた。おれ自身もさっき書いた文章の中で使ったばかりだ。

「正解。今日の三人だけじゃなく、いままで捕まえた人間のだいたい九割は、何よりも先にその言葉を口にしやがるんだよ。もうちょっとマシな言い訳を、新しく考え出してほしいもんだぜ」

「だな。——それにしても、神多、おまえさ」

おれは相手の着ているものをじろじろ見ながら遠慮なく言ってやることにした。

「チョウラ勤務はいいけど、服装のセンスだけはもうちょっと改善した方がいいんじゃないか」

神多が着ているのは紫のシャツに緑のジャケットだった。

「その色、組み合わせとしてはけっして褒められたもんじゃないぞ。見るからに怪しげだし」

「ほっとけ」

「そうはいくか。長いつき合いのダチが職質でもされたら、こっちまで恥ずかしいだろ」

ここで神多は顔つきをやや険しくした。ファッションのセンスにケチをつけられたことに腹を立てたのかと思ったが、彼の口から出てきたのは、

「職質？　もしかして、このあたりでいまバンかけをやってんのか？」

そんな問い掛けだった。

「やってるんだよ。なんだ、知らなかったのか。今晩から刑事課が特別に新人教育を始めるんだとさ」

——九月六日から一週間にわたり、夜間に花苑駅周辺にて、ベテラン捜査員が若手に職務質問のコツを重点的に教える取り組みを行なう。ついては、近隣の交番勤務員には協力のほどをよろしく頼む。

そのような内容を記した刑事課からのお願い文書が、先週のうちに回ってきていた。

「……そうか」

呟(つぶや)いて顎に手を当てた神多の眉毛あたりを、ごく小さな羽虫が飛んでいた。視界に入っているはずだが、神多は気にする素振りをまったくみせない。そのうち虫の方から勝手にいなくなってしまった。

「神多、おまえ、ちゃんと警察手帳を携帯しているんだろうな」

「いや、いまは事務所に置いてある」

落としたりしたら困るため、休憩時間で外に出るときは持ち歩かないようにしている。そう神多はつけ加えた。

「だったらなおさらバンかけに引っ掛からないよう注意しろ。何度も言うが、その服装じゃあ間違いなく怪しまれるからな。身分を証明できるまで面倒なことになるぞ」

「分かった。——さてと、ぼちぼち戻るか」

神多は腕時計を一瞥(いちべつ)してから腰を上げた。

「ところで屋代、晩飯はもう済ませたのか。まだ食ってないよな」

「ああ、まだだ」

二十四時間の当番勤務に入ったときは、おれはいつも午後十時に夕食をとる。それは神多も知っていることだった。

「ちょうどよかった。これも差し入れだ」

机の上に置いたままになっていたレジ袋を手にした神多は、それを目の高さまで持ち上げてみせた。

「海鮮丼が入っている。おまえが食っておいてくれ」

「なんだよ。そっちが自分用に買ったんじゃなかったのか？　それ」

「違う。最初から、これもおまえに食べてもらうつもりだった」

「じゃあご馳走になる。悪いな」

レジ袋を受け取ろうと手を伸ばしたところ、

「おれが冷蔵庫に入れといてやるよ」

そう言って神多は詰所の奥にある給湯室へ入っていった。冷蔵庫はそこに設置してある。

ほどなくして手ぶらで給湯室から出てくると、神多はこっちに手を振りながら去っていった。

時計を見なくても時刻が分かった。だいたい午後八時半だ。休憩時間中におれの顔を見にきた神多が、持ち場へと帰っていくのは、いつも決まってそのぐらいの時刻だからだ。

交番だよりの仕事に戻ったおれは、筆を進めながらときどき窓から外を見ていた。

三十メートルほど先にある花苑踏切。そこに立っている人影に気づいたのは、そのときだった。

体型から、性別は男だと分かる。身長は百六十センチもないくらいか。ずいぶんと小柄だ。しかも痩(や)せている。あの体格なら、ウエイトは五十キログラムそこそこだろう。

年齢はこっちと同じぐらいで、三十二、三と見えた。細いフレームの眼鏡をかけ、ベージュ色のサマーコートを着ている。

ぼうっとしている様子が気になってならない。

おれは椅子から立ち上がり、交番を出ると、男の方へゆっくりと近づいていった。

2

緊張を抑えるために、一呼吸置いてから声をかけた。「ちょっとよろしいですか」

男がおれの方へ顔を向ける。目が虚(うつ)ろだった。

「失礼ですが、お名前を教えていただけますか」

「……ハルヤマです」

掠れるような声で、そう返事があった。漢字で書くなら、普通に考えて「春山」だろう。

「春山さん、ここで何をされているんですか」

「……踏切を見ています」

「こんな時間にですか。踏切を見てどうするんです？」

「見たいから見ているだけです。いけないんですか」

男がサマーコートの下に着ているのは白いワイシャツだ。その襟元(えりもと)には血痕らしきものが付着していた。よく見ると、手首には薄手のタオルが巻かれてもいる。

こうなると、自殺企図者と見てほぼ間違いない。

「その手首はどうしたんですか」

「自転車に乗っているとき、転んで怪我をしたんです」

「襟には血のようなものが付いていますが、それは？」

春山から返事はなかった。

おれが一歩詰め寄ると、彼は黙って背を向け、足早に離れていった。

「待ちなさいっ」

背中に向かって強めに声をかけたところ、春山は道路を急に走り出した。体型は小柄だが、足は意外なほど速い。

とはいえ、慌てる必要はなかった。ここから駅までは一本道だ。街灯が短い間隔で立っているため、視界も悪くない。春山の背中を見失うことはないだろう。

交番へ戻りつつ、おれは防刃(ぼうじん)ベストに取り付けてある無線機を手にした。

「不審者を発見しました。自殺企図者と思われます。逃走したので、これより追跡します」

署の指令室へ一報を入れ、交番が無人になる旨の表示を来客用のカウンター上にセットしてから自転車に跨(また)がる。

ペダルを漕ぎつつ思い出した。この近辺で刑事課の連中が職務質問の研修をしているはずだ。

彼らが春山を引き止めてくれないものか。

そうちらりと願ったが、ベテランにしても若手にしても、それらしき姿はどこにも見えない。もっとも、刑事課の手を借りる必要などなさそうだ。白チャリはよく整備されているからスピードが出る。春山が駅舎に入るのを見届けたときには、おれと彼との距離はだいぶ縮まっていた。

慌てることなく、駅に隣接する駐輪場に白チャリを停めながら、今度は携帯電話を取り出した。さっき別れたばかりの神多に連絡を入れる。

「屋代だ」

《おう。――おまえ、晩飯はもう食ったのか》

「晩飯？　そんな話がしたくて電話をしたんじゃない。いいか、いま不審な男が駅に入っていった。見つけて捕まえてくれ」

《人着（にんちゃく）は？》

「小柄だ。たぶん百六十センチもないぐらい。あとは細いフレームの眼鏡。服はベージュ色のサマーコート」

《分かった》

「自殺企図者らしい。ホームから線路に飛び降りるかもしれないから、注意してくれ。おれもそっちへ向かってる」

駅舎に入った。

制服の警察官が構内を走ったりすれば、むやみに周囲の注意を引いてしまう。春山は神多がきっと見つけてくれるだろう。そう信じて、おれは自然に見える速さで歩いた。

まずは鉄道警察隊の事務所に顔を出し、手早く事情を説明する。

その後、若い女性隊員に付き添ってもらい、一緒に改札へ向かった。

改札を見張っていた駅員に春山の人着を伝えて訊ねたところ、「その人なら、さっき切符を買って通っていきました」とのことだった。やはり挙動に不審なところがあったので印象に残っていたという。

おれは女性隊員と一緒に改札を通してもらった。

花苑駅のプラットホームは一番から三番まである。一番が独立した「単式」のホームで、二番と三番は背中合わせに一つの台に乗った「島式」と呼ばれる形になっていた。

神多とまた携帯で連絡を取り、彼が一番、おれが二番、女性隊員が三番、そう担当を割り振って、春山の捜索に当たった。

もう午後九時に近い時刻だ。ホームを歩く人の姿はそう多くはない。だが、サマーコートというやつが若い男性の間で流行(はや)っているのか、似た服装をしている者がちらほらいて、思ったよりも手間取ってしまう。

二番線から神多のいる一番線をふと見やったときだった。

おれの目は、そのホーム上に、ベージュ色のサマーコートを着た小柄な男を認めた。春山に間違いない。

少し離れたところにいる神多は、まだそれに気づいていない様子だ。

ここから大声を出したりすれば、春山にも勘づかれ、再び逃げられてしまうだろう。

おれは俯き(うつむ)がちの姿勢でホームとホームをつなぐ跨線橋(こせんきょう)へと走りつつ、もう一度携帯を取り出して神多にかけた。

《今度はどうした？》

「おまえのすぐ近くにいるぞっ」

なんで気づかないいんだよ。そんな非難が声に少し混じってしまった。

《本当か？　どこだ》

「もういい。こっちが行くまで待ってろ」

おれが一番ホームに着いて神多と接触したとき、

《間もなく一番線を電車が通過します。この電車にはお乗りになれません。危ないですから、黄色い線の内側にお下がりください》

急行列車の通過に注意を促すそんなアナウンスがホームに流れた。

おれは神多を自販機の陰に引き込み、彼の耳に口を寄せた。

「あいつだ」

ここから五メートルほど離れた位置で、ホームの縁ぎりぎりに立っている春山をそっと指さす。

間の悪いことに、急行電車が迫ってきているようだ。このタイミングでホームから線路に降りられでもしたら一大事になる。身柄を確保するならいましかない。

おれと神多は同じタイミングで自販機の陰から出ると、ターゲットに向かって猛然と走った。

だが春山はとっくにこっちの気配に気づいていたらしい。おれたちよりも一足先に動き、ホームの縁を蹴り、線路に飛び降りる。

「非常停止！　ボタンを押して！　早く！」

周囲の人たちに向かって、おれはそう叫んだ。

警察官の制服を着たおれの声に、誰かが応じてくれたらしく、ブザーの音がホームに鳴り響く。

線路の向こうへ目をやると、列車のヘッドライトが目に入った。思ったよりも近い。この状況では、いま非常停止ボタンが押されたとしても、列車が停止するのはこのホームを通り過ぎてからだろう。

気がつくと、いつの間にか神多も線路上に降りていた。

急行に向かって走っていた春山に追いつき、左手で右手首を摑むと、そのままホームの方へと小柄な体を引きずってくる。

春山は手足をじたばたさせたが、無駄な抵抗だった。体格で言えば、神多と春山では大人と子供だ。膂力の点で比較にならない。

神多はホームの縁までやってきた。おれが手を差し伸べてやると、彼は空いている右腕をおれの方に突きだした。その腕を渾身の力で引き上げる。

身長百八十七センチ、体重八十五キロ。それだけの体躯(たいく)を持ち上げるのは、おれ一人の腕力ではたぶん無理だった。しかし、近くにいた人たちのうち大柄な男性二人が加勢してくれたため、どうにかホームまで引き上げることができた。

今度は神多が、まだ下に残っている春山の体を持ち上げにかかる。

急行列車はすぐそこまできていた。パァーンという警笛音が、右側から空気の塊(かたまり)になって押し寄せてくる。

その音に気圧(けお)されたせいか、春山はこの土壇場で恐れをなしたらしい。体の向きを変え、自分の方から神多の腕に摑まろうとする。

──やっぱり助けてくれ。

表情も明らかにそう言っていた。

春山の体は後ろ向きに倒れかかっていた。その腕を、ホームで足を踏ん張った神多がしっかりと摑み、ぐっと手前に引き寄せる。

──これで助かる。

そう思った直後だった。

神多が前方に向かってたたらを踏んだ。体勢を崩したのだ。

春山の体が再び線路側に傾く。

これではもう助からない。そして、このままでは神多まで巻き込まれてしまう。

咄嗟(とっさ)にそう判断したおれは、神多の体に当身(あてみ)を食らわせ、横に押し倒した。

神多と春山の手が離れたのが分かった。

ベージュ色のサマーコートが線路に落下した様子も、視界の隅でだが、はっきりととらえた。次の瞬間、悲鳴にも似た非常ブレーキの音を響かせながら、巨大な急行の車体がコートの上に覆い被さってきた。

3

踏切の警報機が鳴り、列車が交番の前を通過していった。午前七時ちょうどに花苑駅を出る各駅停車だ。

おれは自動ドアのガラスを通し、その車両をぼんやり眺めた。列車の窓を見れば込み具合が分かる。今日は土曜日だから、平日に比べてだいぶ空いていた。

おれは視線を机上に戻した。交番だよりの原稿を早く書き上げてしまいたい。脱法ドラッグの記事は、まだ予定の半分しかできていなかった。残りのマス目を埋める文章をどうにかして捻り出さなければ。

鉛筆を握ったまま悩んでいるうちに、正面の自動ドアが開いた。

入ってきたのは百目鬼巴だった。数年前に定年を迎え、いまは交番相談員をしている県警のOGだ。

「今日はまたずいぶんと早いですね」

だいたいどこの警察でも同じだと思うが、この県警では、交番相談員の勤務時間は午前八時半から午後五時十五分までだ。ちなみに正午から午後一時までは休憩時間となっている。

「今朝は早く目が覚めてね。暇だから来ちゃった。家にいてもやることなくて」

そう言ったあと、百目鬼はおれの顔をまじまじと見据えてきた。

「屋代くん、当番中に何かあったの？」

「分かりますか」

「もちろんだよ。ぜんぜん仮眠を取ってないでしょう。顔が蒼いもの。頬っぺたの肌もざらついているみたいだし」

さすがに勘がいい。百目鬼とはまだ半年ほどのつき合いだが、観察眼に優れている人であることにはとっくに気づいていた。

おれは彼女に、昨晩あった列車飛び込みの一件を話した。

百目鬼はかなり興味を持ったようだった。「春山と神多とはどんな人間なのか」、「春山が急行に轢かれる前後に、各人がどんな動きをしていたのか」、そんなことを根掘り葉掘り質問してきた。そのため、事故の一部始終をことこまかに伝える羽目になってしまった。

急行列車が春山の体を轢断したあと、ほどなくして刑事課の捜査員が臨場し、現場検証が行なわれた。

春山の名前は伊織といった。ファーストネームが判明したのは、所持品のなかに病院の診察券があったからだ。精神科に通院していたようだから、心に患った何らかの病が自殺の引き金になったのだろうと察しがついた。

おれと神多への事情聴取が終わったのは、午前二時ごろだった。

交番に戻ってきたときには、仮眠を取る時間帯になっていた。しかし眠れるはずもなかった。いまでも目を閉じるのが怖くてしょうがない。轢断されて四肢がばらばらになった春山の遺体が、まだしっかりと網膜に焼きついているせいだ。

昨晩の一件は今日の朝刊に載るだろうか。版によっては記事が締め切りにぎりぎり間に合い、事故の概略ぐらいは報じられるかもしれない。

「ずいぶんとえらい経験をしちゃったわね。——ちょっと待って。じゃあ、そんな状態だっていうのに、仕事をしているわけ？　駄目だよ」

百目鬼はおれの手から鉛筆を奪い取り、ペンスタンドに突っ込んだ。

「ちゃんと休みを取らないと、あなたまで精神をやられちゃうかもよ」

「いいえ、何かやっている方が、かえっていいんです。気が紛れますから」

ここでまた自動ドアの開く音がした。

入ってきたのは神多だった。彼も顔が蒼い。こっちと同じく一睡もできなかったようだ。表情には、はっきりと疲労の色を滲ませている。着替える余裕もなかったらしく、服装は紫のシャツに緑のジャケットのままだ。

百目鬼に気づいた神多は、彼女に向かって挨拶をしてから、昨晩と同じ位置にスツールを持ってきて腰を下ろした。

神多が何か言う前に、

「甘いものでもどうだ」

おれは机の抽斗（ひきだし）を開け、そこからチョコレートの入った小箱を取り出した。このチョコは、デスクワークをしていて小腹が空いたときにつまんでいるものだ。

「もらうよ」

「たしか苦い方が好きだったよな。だったら赤を取るといい」

チョコの包み紙には黄色と赤の二種類があった。前者は普通の甘さで後者はビターだ。

「分かった」

そう言いつつも神多が手を伸ばしたのは黄色の方だった。あれほどの事故に遭遇して間もないため、お互い肉体的にも精神的にも疲労困憊（こんぱい）しているわけだが、その度合いはおれより神多の方が酷（ひど）いようだ。

チョコを口に入れ、舐（な）めずに嚙んでさっさと食べてしまったあと、神多は口を開いた。

「ひとこと礼を言いにきた。用事はそれだけだ。——ありがとな、屋代。おまえに突き飛ばしてもらったおかげで助かった。でなけりゃ、こっちまでホームから落ちて急行の下敷きになっていたところだ」

おれも黄色い方のチョコを手にし、包み紙を取って口に入れた。

「吹っ飛ばされて怪我しなかったか」

「そう言われてみると」神多は小さく歯を見せて右肩を押さえた。「したらしい。ここが痛くてしょうがない。そっちに治療費を請求していいか?」

「いいとも。ただしツケといてくれ。――結果は残念だったけど、おまえはよくやったよ」

神多が冗談半分に痛がってみせた肩を、おれはバシッと叩いてやった。

「さてと、邪魔したな」

神多はスツールから腰を浮かし、出口へ向かって一歩踏み出した。だが、そこで振り返り、

「そういえば、もう食ったか?」

そんな問いを投げてくる。

何をだよ、と訊こうとして口を開きかけたが、寸前で言葉を呑み込んだ。昨晩、神多が置いていったコンビニ弁当の話だと見当がついたからだ。

「まさか。食うわけないだろ」

人が轢死(れきし)する場面を間近で目にしてしまったのだ。海鮮丼など喉を通るはずがない。

「じゃあ、まったく手をつけていないのか」

「ああ。あれから冷蔵庫を開けてもいない」

昨日の晩から口に入れたものといえば、いまつまんだチョコレートだけだ。

「だったら、おれが処分する。持って帰るよ」

「そうか」

おれは給湯室へ行った。冷蔵庫の扉を開け、昨晩そこに神多が入れていったレジ袋を取り出す。

「消費期限をちゃんと確認しろ。腹を壊すなよ」

そう言い添えてレジ袋に入った海鮮丼を返してやると、神多は百目鬼に一礼してから出ていった。

ドアが閉じたあと、すかさず百目鬼が近づいてきた。

「いまの人が神多くんね。花苑駅にある鉄道警察隊所属の」

「そうです」

すると百目鬼は人差し指を立て、その指先をいまおれが使っている机に向けた。

「屋代くん、ここに上がってみてくれない？」

言われたことの意味がよく理解できず、おれは目で問い返した。

「だから自分の机に上がって、立ってみてよ」

「……どうしてです」

「いいからさ」

「靴を脱いで、ってことですよね」

「いいえ、靴下だと足が滑って不安定かもしれない。だから履(は)いたままでいいよ」

わけが分からないまま、おれは言われたとおり、靴を脱ぐことなく机の上に乗った。普段見慣れない視界はちょっと新鮮だったが、予想以上に高く感じられ、軽く足が竦(すく)む。もうちょっと背が高ければ、頭頂部が天井につかえているところだ。

こんなに行儀の悪い場面を交番長にでも見られたら、どれほどきつく叱責(しっせき)されることか。

内心ではかなり冷や冷やしながらの行動だった。

百目鬼がおれと向き合う位置に来た。といっても、こっちは机の上に立っているわけだから、斜めで上下に向かい合う格好だ。

「わたしの手首を摑んでくれる？」

そう言って彼女は両腕を四十五度ぐらいの角度で持ち上げ、おれの方へ伸ばしてきた。

百目鬼の右手首を左手で、左手首を右手で、おれは摑んだ。

「いい？　その手を放さないでよ。あなたを信用しているからね」

そう言って百目鬼は徐々に体を後ろへ倒し始める。それにつれて、おれの腕にかかる負荷も増していった。とはいえ、おれはビクともしなかった。

百目鬼の身長は百五十五センチぐらい。体重は五十キログラム前後といったところか。こっちは身長百八十八センチ、体重八十四キロ。体格には歴然とした差がある。

「昨晩、神多くんが春山さんて人を助けようとしたときは、ちょうどこんな状況だったのよね？」

その問い掛けで、これが再現実験だと確信できた。

「そうです」

おれが足を乗せている机の天板が一番線のプラットホーム。百目鬼が立っている交番の床が線路側の地面。そのように置き換えて考えれば、春山が轢死する直前の状況とほぼ同じと見ていい。

「でも、より正確に言うなら、この机よりもホームの方がもっと高かったはずです」

机の高さは床からだいたい七十センチぐらいだろう。これに対して、ホームの方は地面から一メートルちょっとあったはずだ。

「すると春山さんの位置はもう少し下だったわけね。だったら、こんな感じだったのかな」

百目鬼は膝の角度を深くし、中腰の姿勢を取る。

それに連動して、おれもやや膝を曲げて腰を落とした。

「ええ。これで再現度がさらにアップしました」

「お願いよ。絶対に手を放さないでね」

もう一度念を押してから、百目鬼は自分の体を限界まで後ろに傾けた。

おれの方は腰を前に折り曲げる格好になったが、やはりこの程度の負荷なら問題なく支え続けていられた。

「もういいよ。元に戻して」

おれは百目鬼の腕を引っ張り、彼女の体を垂直にしてやった。

「こっちも下りちゃっていいですか」

「どうぞ」

おれが交番の床に靴の裏をつけると、百目鬼はさっきまで神多が使っていたスツールに座った。

「神多くんとあなたとは、どんな関係なの？」

「警察学校時代からの古いつき合いです」

学校では、おれと神多がいつも成績の最上位を争っていた。彼が一番のときはこっちが二番。その逆パターンも同じ頻度であった。おまけに二人とも体格までほぼ一緒ときていた。どちらも身長は百九十センチに近く、体重は八十キロを優に超え、体脂肪率は一桁台。フィジカル面での強さでも同期中のトップを競い続けてきた。

いまでもよく顔を合わせ、近況を報告し合ってもいる。どっちがより活躍しているかを、二人とも常に気にしていた。親友であると同時にライバルでもあるのだ。こいつにだけは負けられない。そんな見栄を二人とも強く持っている。だからおれたちはお互い、絶対に弱みを見せたくない相手でもあった。

「神多くんって、鉄道警察隊ではどんな仕事をしているの」

「いまはチョウラで、いえ、私服でホームに張り込み、痴漢や盗撮、置き引きなんかの取り締まりをやっているようです」

口を動かしながら、おれは交番だよりの原稿用紙を手元に引き寄せた。ろくに進まなくてもいいから、形だけでも仕事をしていないと、どうにも落ち着かない。

「それはまた、だいぶストレスの多そうな任務ね」

「ええ。本人もそう愚痴っていました」

「だから変なクスリに走っちゃったわけか」

鉛筆を取ろうとペンスタンドに伸ばそうとした手を、おれはぴたりと止めた。

「百目鬼さん、いま何て言いました？」

「『変なクスリ』って言ったのよ。危険なドラッグのこと。もっと具体的に言うと、これだよ」

百目鬼は、おれが書いている交番だよりの原稿用紙に目を向け、「脱法ハーブ」の文字を指さした。

「神多が……ハーブをやってるってことですか？　冗談ですよね」

「いいえ。間違いない。あの人が入ってきたときすぐに分かったよ。匂いで」

たしかに神多は昨晩も、そしてつい先ほども、線香に似た妙な匂いをさせていた。あの香りは脱法ハーブのせいだというのか。

「いま屋代くんが書いてるその交番だよりによれば、最近このあたりで出回っているハーブを吸うと、主に目をやられるんだよね」

「ええ。生活安全課からは、そういう報告を受けています。視野が狭くなるとか、視界が白黒になってしまうといった症状が出るそうです」

「神多くんね、さっきチョコの味を間違えたでしょう。なぜだと思う」

「あまりにも疲れていたせいだと思いましたが」

「そうかもしれないけれど、もっとはっきりした別の理由も考えられるでしょ」

「……もしかして、包み紙の色が分からなかった、ということですか」

「そうじゃないかな。視界が白黒になっているせいでね」

すると昨晩、一番ホームの捜索を担当した神多が春山の姿をなかなか見つけられなかったのも、それが原因か。

おれは春山の人着として「小柄」、「細いフレームの眼鏡」、「ベージュ色のサマーコート」の三点を彼に伝えた。小柄な男ならほかに幾らでもいる。細いフレームの眼鏡にしても同じだ。こうなると手掛かりとして役立つのは三番目の情報だけだが、サマーコートにしてもよく流行っている昨今だから、残る手掛かりは「ベージュ色」だけだ。その色が分からないのではターゲットを探しようがない。

言われてみると、視野が狭くなるといった症状にも心当たりがある。昨晩の神多は、自分の顔のすぐそばを羽虫が飛んでいるのに気づかなかった。

「古いつき合いの親友なら、きつく言ってやった方がいいよ。症状が軽いうちにやめろって。下手をすれば命の危険だってあるでしょうから」

「……分かりました。そうします」

4

「分かりました。そうします」と百目鬼に応じたものの、おれが神多のもとへ足を運んだのは、それから五日ばかり経ってからだった。

もし百目鬼の見立てが間違いだったら、との疑念が完全には拭いきれなかったせいだ。

この五日間のあいだに、春山の飛び込み自殺はわりと大きなニュースとして全国に報じられた。そのため、神多はマスコミに騒がれる存在となっていた。自らを危険に晒して自殺企図者を救おうとした勇敢な若手警察官として、大いにもてはやされていた。

おれが忠告を決意した理由には、それに対するやっかみもあったのかもしれない。

神多は今日も花苑駅の一番ホームに立っていた。私服捜査では、こまめに外見を変える必要がある。したがって、今日は前回会ったときとはまったく違う服を着ていた。

上は灰色のブルゾン。下はオリーブ色のカーゴパンツ。一見すると建設作業員のようだ。頭髪も短くなっているし、薄く色のついた伊達眼鏡をかけてもいる。なかなか巧みなカモフラージュと言っていい。長いつき合いのおれでも、下手をすれば気づかずに前を通り過ぎていたところだ。

「元気にしてるか」

おれは神多の正面に立ってから声をかけた。

「今日は休みでな。暇だからおまえの変装ぶりを見物しに来た。思ったよりも上手いじゃないか。役者にでも転職したらどうだ」

いざとなるとなかなか本題を切り出せず、おれはそんなどうでもいい話ばかりをグダグダと口にし続けた。

それでも神多は苛立った様子を見せたりすることはなかった。

そのうち彼は、一番ホームを東の方へ向かって歩き始めた。おれも黙ってその背中を追う。

彼が足を止めたのは、先日春山が急行列車の下敷きになった地点まで来たときだった。

「いまでもあの事故を、一日に何度も思い返す……」神多は静かな声でそう言った。「ほかに助けられる方法がなかったのかな、って」

おれも同じことを考え続けていた。

神多はホームの縁に立ち、線路に視線を落とした。

「この駅みたいに、ホーム下にちゃんとした避難スペースがない場合でも、わずかな空間なら存在している。そこに、春山を抱いて、体をできるだけホーム側へ寄せる格好にして横たわれば、どうにか車両をやりすごすことができたんじゃないか。そうするべきだったんじゃないか、ってな」

「かもしれないが」おれは神多の背中にそっと手を置いた。「その方法だってかなり危ないぞ。もし失敗すれば、二人ともお陀仏(だぶつ)になっていたとも考えられる。なにしろ瞬時に救出法を判断しなければならなかったんだ、咄嗟に出た行動こそ正解だったと考えるのが一番じゃないか。だから、あれでよかったんだよ。おれたちが取ったやり方でな」

「……そうだな。で、こっちに何の用だ？」

神多は線路に落としていた視線を、おれの方へと真っ直ぐに向けてきた。本題を切り出すならいましかない。

「実は、友人として忠告しに来たんだ。もしおまえが妙なドラッグをやっているなら、すぐにやめた方がいい」

準備してきた言葉をそのままぶつけてみた。

神多はおれの顔から視線を外さなかった。

「……やっぱり、気づかれたか」

おれが自分で察知したのではなく、百目鬼に教えてもらって分かったわけだが、その点については黙っていた。

「心配するなって。もうやっちゃいないよ。ここで春山を死なせてしまったときから、すっぱり止めている」

「ってことは、認めるんだな」

「ああ」

小さく頷いて、神多はカーゴパンツのポケットに手を突っ込んだ。中から布地を引っ張り出し、ポケットを裏返してみせる。

「ほら、このとおりな。持っていたパケは全部捨てたよ」

神多がポケットを戻したとき、

《間もなく一番線を電車が通過します。この電車にはお乗りになれません。危ないですから、黄色い線の内側にお下がりください》

急行列車の通過を告げるアナウンスがホームに流れた。春山の事故が起きる直前に流れていたものと、まったく同じアナウンスだ。

「屋代、おまえにだけは知られたくなかったよ」

それに続いて、神多は何ごとかを小声で短く呟いた。

――魔が差した。

おれの耳が確かなら、そのような言葉だったはずだ。

轟音（ごうおん）とともに近づいてくる急行が見えた。ここからの距離は百五十メートルほどか。だったらあと五秒ぐらいでこの前を通過するな……。

そんなことをおれがぼんやり考えたときだった。横にあった神多の姿が、ふっと視界から消え去った。

5

【万が一、脱法ドラッグを摂取してしまった場合でも、自動車を運転するのは絶対にやめましょう。自分だけでなく他人の命までおびやかすことになってしまいます。また、この場合は道路交通法違反に問われることもありえます。道交法は、「運転することで著しく交通の危険を生じさせる恐れがある場合、六か月以下の免許停止処分にできる」と規定しています。】

やっと書き上がった交番だよりの原稿を交番長に見せ、ＯＫをもらった。

自分の机に戻ったとき、いつの間にかおれは深々と溜め息をついていた。

三日前の出来事を、また思い返す。神多を追って、おれもホームから線路に飛び降りた。残されていた五秒のあいだに、彼の体を背後から羽交い締めにし、線路とホームの隙間へ強引に押し込んだ。

そうしておれに救われた神多は、その日のうちに入院した。奇しくも、春山がかかっていたのと同じ病院の同じ科で世話になることとなった。希死念慮がかなり強いため二十四時間体制の監視が必要な状態だと聞いている。

――魔が差した。

そう呟いて死のうとした神多の心中を、おれは思いやった。

脱法ハーブの規制が始まるのは半年ほど先だ。いま現在なら違法ではない。いくら魔が差して吸ってしまったとはいえ、形式上は何も悪いことはしていないのだ。ならば自殺を図るほどの自責の念を覚えることなどなかったろうに。

ただ立場上、組織からは何らかの譴責処分を受けることになる。それは間違いないはずだ。ずっと優秀な警察官として実績を積み重ねてきた神多には、それが耐えられなかったのかもしれない……。

昼の休憩時間になると、百目鬼が話しかけてきた。「三日もすれば、少し気持ちが落ちついたんじゃない？」

「まあ、そうですね」

「だったら、また神多くんの話をしてもいいかな？」

どうぞ、と返事をする代わりに、おれは小さく顎を引いた。

「神多くんが線路に下りてから急行の到着まで五秒しかなかったって聞いたけど、よくそんなに短い時間で救助を決断できたね」

「必死でしたから。あいつを助ける以外のことは、何も考えられない状態だったので、体が勝手に動いたんです」

「なるほど。それで、彼は遺書を準備していなかったのかな」

「たぶん、していなかったと思います」

死のうとした神多が、その直前に何かを書き残していたといった話は、まったく聞いていない。

「じゃあ、発作的な自殺企図ってわけか」

「そう考えていいと思います。ただ、遺書の代わりと言っては変ですが、あのときおれはあいつから、遺言めいた言葉を二つ受け取りました」

百目鬼の両目に、かすかな光が宿ったように見えた。

「どんな？」

「まず『おまえにだけは知られたくなかったよ』です」

「それから？」

「『魔が差した』とも」

「『魔が差した』……か」

独り言ちるように同じ言葉を繰り返してから、百目鬼は目を閉じた。

彼女が再び瞳を覗かせたのは、それから三十秒ほどしてからだった。ただ目蓋を開けただけではなく、両目をかっと見開いているといった感じだ。何か気づいたことがあったらしい。

それについて訊ねようとしたとき、正面の自動ドアが開いた。入ってきたのは二十代と見える女性だった。

「すみません、屋代さんはいらっしゃいますか」

おれは立ち上がり、来客用カウンターの前まで行った。

「わたしが屋代ですが、どんなご用件でしょうか」

女性に座るよう促し、その対面にこっちも腰を下ろす。

「わたし、春山と申します」

先日花苑駅で死亡した春山伊織の妹です、と女はつけ加えた。

「約束もなしに突然訪問してすみません。兄がご迷惑をおかけしたお詫びと、救助に尽力していただいたお礼を、一言だけでも申し上げたくてお邪魔しました。もうだいぶ遅くなってしまいましたが」

春山の死からは十日ほどが経っていた。

「それはどうも。こちらこそすみませんでした」

結果的に救えなかったのだから、あまり丁寧に挨拶されても困る。結局、この場はおれの方が恐縮するような羽目になってしまった。

春山の妹はカウンターにやや大きめの白い箱を置き、滑らせるようにして差し出してきた。包装紙を使っていない裸の箱で、簡単なリボンがかかっているだけだ。

「ささやかですが、お礼です。お店で買ったものは受け取ってもらえないと聞きましたので、こんなもので失礼ですが、召し上がっていただけませんか」

中身は手作りの焼き菓子とのことだった。

「そうですか。では頂戴します」

妹が帰って行くと、おれはリボンをほどいて中を覗いてみた。

入っていたのは見たことがない菓子だった。シュトーレンかと思ったが、ちょっと違うようだ。たぶん、おれがいままで口にしたことのない食べ物だ。

その箱を持ってもう一度交番長の席まで行き、いまのやりとりを簡単に報告する。

「おっ、美味（うま）そうだな」箱の中身を一瞥したあと、交番長は百目鬼の方へ顔を向けた。「休憩時間中にすみませんが、これを適当に分けて配ってもらえませんか」

「いいですよ」

百目鬼が菓子を持って給湯室へ行く。

いま交番内にいるのはおれ、百目鬼、交番長、それからおれの先輩が二人だ。百目鬼はその人数分だけ焼き菓子を切り、小皿に分けてから皆に配り、最後におれのところにも茶と一緒に持ってきてくれた。

「これ、なんて菓子ですかね」

おれは小皿に載っているものを指さし、百目鬼に訊いてみた。薄い小麦粉の生地に詰め物をして焼いた菓子だった。詰めてあるのは、見たところ林檎とレーズンのようだ。シナモンの香りが鼻腔（びこう）に心地いい。

「シュトゥルーデルだと思う」

「それってシュトーレンと同じものですか」

「名前は似ているけれど違うお菓子だよ」

「シュトゥルーデル、ですね」

　一度発音してみたが、菓子類にはほとんど興味がない身だ。たぶん明日には忘れてしまっているだろう。それよりも気掛かりなのは、春山の妹が来る前まで百目鬼と交わしていた話の続きだった。

「百目鬼さん、さっき何か閃いたように見えましたが」

　そう水を向けると、彼女は目で頷き、声のトーンを一段低くして言った。

「春山さんの事故が起きる前、神多くんがこの交番に来た。そして、一人で仕事をしていたあなたに、レジ袋からジュースを取って渡したんだよね。『差し入れな』って言って」

　その言葉に合わせるように、百目鬼は茶の入った湯飲みをおれの前に置いた。

「そうです」

「そしてレジ袋には、ほかのものも入っていて、それは海鮮丼だった」

　おれは頷いた。あのとき神多とのあいだにあったやりとりについては、ある程度まで詳しく百目鬼に話してある。

「で、その海鮮丼は、神多くんが帰り際に『これも差し入れだ』と言って、自分でここの冷蔵庫に入れた」

「おっしゃるとおりです」

「すると、おかしいよね」

「……何がですか」

「神多くんがあなたに海鮮丼を差し入れたタイミングだよ。遅すぎるでしょ」

そうか。いままでまったく気づかなかったが、言われてみればそのとおりだ。缶ジュースならいくらでも常温下に置いておけるが、海鮮丼はできるだけ早く冷蔵庫に入れなければならない。差し入れるつもりなら、後者を先に出すのが当然だろう。

「たしかにおかしいですね。なんであいつ、帰り際になるまで、あの海鮮丼を冷蔵庫に入れずにおいたんでしょうか」

「当初は自分で食べるつもりだった。だけど途中で気が変わった、ってことじゃない？」

異論はなかった。そう考えるのが最も自然だ。

「でもそれにしたって、気が変わったのはなぜですかね」

「あのとき、屋代くんと神多くんのあいだでどんなことが起きた？」

「別に何も起きていません。ただ話をしただけです」

「どんな話？」

おれは視線を斜め上にやり、あの晩の記憶を探った。

「お互い、いまやっている仕事について教え合いました」

「それから？」

「あとは……」

しばらく考えて、おれはようやく思い出した。

「バンかけの話もしましたね。この近辺でいまベテラン捜査員が若手刑事に職質のやり方を伝授している、といったことを、あいつに教えてやりました」

すると百目鬼は上半身を傾け、顔を寄せてきた。

「それじゃないかな。その話を聞いて、神多くんは気が変わったんじゃないかしら」

「ってことは……」

「そう、あのときも神多くんは脱法ハーブを所持していたんじゃないか、ってこと」

それを隠し持ったまま交番から出て、万が一にでも職質に引っ掛かってしまったら面倒な事態になる。あのとき神多は警察手帳を携帯していなかったらしいから、同じ署の仲間であることを容易には証明できない。つまり、いったん捕まってしまえば、そう簡単には逃げられず、所持品を調べられてしまうということだ。

「どこでバンかけされるか分かったものじゃないから、脱法ハーブを持ったままでは、もう一歩も交番の外に出る気にはなれなかった。だから咄嗟に、この建物内に隠すことにしたのよ」

百目鬼の言葉を足掛かりにして、おれの思考は一気に進んだ。

神多は、レジ袋に入った海鮮丼を冷蔵庫にしまったとき、持っていた脱法ハーブのパケを、その容器の下にでも忍ばせたのではないか。

もっと見つかりづらい隠し場所など幾らでもある。だが神多は交番の部外者だ。そう何度もここに出入りすることはできない。複雑な場所に隠したら回収するのが面倒になる。
だからといって分かりやすい場所を選べば、清掃のときにでも交番員に発見されてしまうだろう。トイレにでも流してしまえば心配はなくなるが、元手がかかっているため、その決心はつかなかった。

ではどうするか。休憩時間は終わりに近づいていて、早く駅の仕事場に戻る必要がある。熟考している時間はない。

焦りながら考えた結果、神多が辿り着いた結論は、〝とりあえず屋代に預けてしまう〟という手だった。相手が友人なら、あとでどうにかパケを回収できるだろう、と踏んだ。

そこで海鮮丼を隠れ蓑に利用することにした。

ただ、「いずれ取りにくるからいったん保管しておいてくれ」などと正直に言ったのでは不審がられてしまう。そこで「差し入れ」を装った――。

そこまでの考えを百目鬼に伝えると、彼女は一瞬だけ片目を閉じてみせた。その仕草一つで、百目鬼も同じ見解に到達しているのだと分かった。

「そういう裏事情があったとしたら、春山さんを追って駅に屋代くんが現れたとき、神多くんは予想外の展開に驚いたことでしょうね」

こうしてみると、駅に着いて神多の携帯に電話をしたとき返ってきた第一声が《おまえ、晩飯はもう食ったのか》だったのも道理だ。おかしいなとは思ったが、あのときはその点を深く考える余裕がなかった。

「ホームで春山さんの姿を探しているあいだも、神多くんの頭は、どうやって無事にパケを回収するか、で一杯だったはず」

「春山さんの保護が済んだら、おれが交番に帰って冷蔵庫を開け、海鮮丼を取り出し、パケを見つけてしまう。それを阻止するにはどうしたらいいか。その方法を思いつこうとしていた、とも言えますね」

「そう。さらに言い換えると、どうしたら屋代くんに海鮮丼を〝食べさせないことができるか〟を考え続けていたってことになるかな」

「なるほど。食べさせないことができるか、というのはちょっと面白い……です……ね……」

語尾が途切れがちになったのは、自分が口にした言葉が呼び水となり、新たな一つの考えが脳裏に浮かび上がってきたせいだった。

——魔が差した。

自殺を図る直前、神多はおれにそう伝えてきた。おれはいままで、その「魔」とやらが「脱法ハーブに手を染めたこと」を意味しているのだとばかり思い込んでいた。しかし、それは勘違いではなかったのか。その程度の魔ではない。神多の心に忍び込んできたのは、そんなものよりも遥かに恐ろしい〝本物の魔〟だったのではなかったか。

じっとおれの顔を見ていた百目鬼が、今度はウインクではなく、静かに深く頷いてみせる。

頬の皮膚が粟立つのを感じつつ、おれはもう一度、春山が死亡したときの状況を思い返してみた。

神多は、春山をホームへ引っ張り上げようとしたとき、たたらを踏んだ。そのせいで春山の体はまた線路側へ倒れ、結果、轢死体となった。

では、あの数歩の足踏みは、なぜ起きたのか。おれと神多、そして百目鬼と春山は、ほぼ同じ体格だ。

おれと百目鬼が机をホームに見立てて再現実験をしたとき、おれの体は百目鬼を支えてもいっさい不安定になりはしなかった。だとすれば、春山を支えていた神多が、たたらを踏むほどよろけたというのは、やはり不自然だ。

百目鬼との再現実験以来、そうした疑念が、ずっとおれの脳裏に巣くっていたのだが、いま、その理由がようやく分かったような気がした。

神多がたたらを踏んだのは、〝本物の魔〟が差したからだ。

春山の命を救おうと尽力していたあのとき、一瞬の隙をつき、思いがけずそいつが神多の心に忍び込んできた。

おれに海鮮丼を食べさせない方法。それを模索し続けていた神多は、春山をホームに引っ張り上げようとしているぎりぎりの状況下で、こんな閃きを得たのではなかったか。

――屋代に、轢死体を見せてやればいい。

マグロ、白子、筋子。

海鮮丼に載っていたのは、どれも人間の筋肉や内臓を連想させる食べ物だった。電車に轢断されて死亡した人間の体を目にしたあとなら、誰しもそんなものが喉を通るわけがない。

そう思いついた刹那(せつな)、神多の体からすっと力が抜けた。それがたたらを踏んだ理由ではなかったか。

本心では、もちろん神多は春山を助けたかったはずだ。

何の恨みもない一人の人間を死なせてしまったことに対する自責の念。それこそ、あいつが身投げを図った本当の理由ではないのか。

半ば呆然(ぼうぜん)としながら、おれは机の上に視線を戻した。シュトゥルーデルなる焼き菓子の断面も、見ようによっては轢断された人間の内臓を連想させる。

いまは、とても口をつける気になれなかった。

曲がった残効

1

交番での仕事を終え、玉西（たまにし）警察署三階にある地域課に顔を出した。

交番勤務もすでに四年目だ。そろそろ署での内勤を経験してみたいものだと思いつつ、今日の勤務が終了したことを課長に報告する。

あとは次のシフトまで何をしようとも自由だが、すぐには官舎へ帰らなかった。

私服への着替えを済ませても、そのまま三階の女子更衣室に居座り続け、時間がくるのを待つ。

私用のスマホをいじっているうち、午後六時になった。

渡会誠也（わたらいせいや）が車の整備を始める時間だ。

わたしは女子更衣室を出て、署の裏手に設けられた車庫へと足を運んだ。

十二月中旬。今年は雪がだいぶ少ない。

自動車警ら班に所属する渡会が「玉西4号」の前に立っている。

その長身に向かって、わたしは「お疲れさまです」と声をかけた。

「よう、福原」

短く答えた渡会は、膝に手をついてヘッドライトの点検をし始める。

わたしも、白と黒に塗り分けられたクラウンの後部にしゃがみ込んだ。

空いた時間があれば、こうしてできるだけ渡会の手伝いをしているが、わたしの勤務場所はあくまでも交番だ。自ら班の渡会とは、同じ地域課の所属というだけの繋がりでしかない。

ストップランプやバックランプに破損がないことを確認していく。そうしながらときどき顔を上げ、車体前部にいる渡会の様子をちらりと窺った。

今日はこころなしか彼の表情が暗いようだ。

タイヤの溝の深さを調べ、ホイールに亀裂や損傷がないかのチェックも終えた。

「後部のランプ類と足回りには異状なしです」

そうわたしが告げても、この押しかけ的な手伝いはいつものことだから、もう渡会はろくに礼を言わず、ただ「おう」とそっけない返事をよこしただけだった。

「もしかして、悩みごとでもあるんですか」

思い切ってそう訊いたのは、いま耳にした「おう」の返事に力がまったくこもっていなかったからだ。

「……ああ、ちょっとな」

「よかったら、わたしに話してもらえます?」

「別に大したことじゃない。もうすぐ地域課の忘年会があるだろ。おれ、副幹事をやらされることになってんだ」

それは知っていた。

「で、正幹事の友永さんに言われたんだよ。『絶対に大ウケする斬新な余興を考えておけ』って」

自ら班の係長、友永豪は、渡会にとってパトカー乗務の相勤者でもある。いや、車長は友永だから、渡会の方を相勤者と表現した方が正確だろう。どっちにしろ、上司から「絶対に」と言われたら真剣に悩んでしまうのも無理はない。

「忘年会の余興だったら」

わたしは渡会のそばへ歩み寄り、彼と向き合った。

「〈モジモジ伝文〉なんかはどうですか」

「なんだよ、それ」

「手の平を出してもらえます？」

渡会が右手をこちらへ差し出してきた。分厚い大きな手で、わたしと比べたら大人と子供という感じだ。実際のところ、歳は二つしか違わないのだが。

親指の付け根、筋肉が盛り上がった部分には、うっすらと爪の痕が残っていた。これが渡会の手の平の特徴だ。

「伝言ゲームですよ。参加者を何チームかに分けて、各チームにそれぞれ違う伝文を用意するんです。各チームの最後尾の人はそれを前の人に伝え、伝えられた人はまたその前に伝えるわけですが、伝達方法は前の人の手の平に文字を書くという手段に限定するんです」

「背中ならまだしも、手の平なんて簡単すぎるんじゃないのか」

「いいえ。四文字程度のカナでも、たいていはどこかで間違いを犯すものです。酔っぱらっていると、難しい字ではゲームになりません。ですから、平仮名か片仮名で短い言葉にするのがコツです」

わたしは人差し指で渡会の手の平に「パトカー」と書いた。

「これ、分かりますか」

渡会は自分の手に視線を当てながら眉間(みけん)に皺(しわ)を作っていたが、結局は首を横に振った。

わたしたちは正対しているため、こちらが渡会の手に書いた文字は、彼の方から見れば上下左右が逆になる。だから書いているところを目にしても、なかなか判読できないのだ。

「では、これはどうでしょう」

今度は「クラウン」と書いてみたが、これに対しても渡会の反応は同じだ。

「もうちょい、きれいな字で頼むぜ」

「分かりました」

いまよりも遅い指の運びで、「サイレン」そして「シロバイ」と書いてみたものの、渡会はどれも当てることができなかった。

「なるほど。案外、難しいもんだな」

「でしょう。カナでも複雑すぎるのであれば、もっと簡単に図形でもいいかもしれません。こんなふうに」

今度はスペード、ダイヤ、クローバー、ハートのマークを描いたところ、渡会は顔をしかめた。

「しかしなあ。伝言ゲームってのも平凡だろう。友永さんからは、斬新なやつをって注文されてんだ。だから、もっとこう、誰もやったことがないやつじゃなきゃ駄目だ」

だったら知り合いに訊いてみようか、とわたしは思った。明日は午後から研修に行く予定だ。そこで会った人から、何か情報を仕入れてこよう。

正確に言えば、研修ではなく訓練だ。交番勤務の地域課員は、毎年一回、師走になると、警察学校で避難誘導訓練を受けることになっていた。各交番から一人ずつ代表で受講するのだ。

今年、東畑交番からはわたしが選ばれていた。

最後に二人でクラウンの周りをゆっくりと一回りし、車体に傷やへこみがないかを確認した。

「出動、気をつけてくださいね。どこから何が飛んでくるか分かりませんから」

運転席に乗り込んだ渡会に向かって、わたしはサイドウインドウ越しに敬礼をした。

警察に恨みを持っている者はけっこういる。特に、交通違反切符を切られた者に多い。暴走族の連中は常にパトカーを目の敵にしている。連中が物陰で待ち伏せし、車体に石をぶつけてくるなどは、実は珍しいことではないという。

渡会も、フロントガラスにブロックの塊を投げつけられた経験がある、と言っていた。

「心配すんな」

「応急処置キットはチェックしましたか？　発炎筒、立ち入り禁止テープ、取り締まり用の書類一式は、ちゃんと積んであります？」

「だから心配すんなって。まるで世話女房だな。——ところで、さっき、おれの手にどんな図形を描いたんだ？」

「そんなことも分からなかったんですか。トランプのマークですよ」

とりわけハートだけは力強く描いた。わたしの気持ちを伝えたつもりだった。

2

翌日、午後になって警察学校の体育館に足を運んだところ、思ったとおり、そこには見知った顔が幾つかあった。

彼らと挨拶を交わしているうちに避難誘導訓練の開始時間となり、教官が前に進み出た。消防署から派遣されてきた男で、年齢は五十に近そうだが、体ががっしりしているためずいぶん若く見える。

「では、ただいまより訓練を行ないます。火災発生時に、避難者を迅速に安全な場所へ誘導するためにはどうするか。一緒に学んでいきましょう」

訓練は、「避難経路の決定」、「避難方法の伝達」と進んだあと、本日最後のテーマである

「パニック防止の秘訣」に移った。

「いきなり災害に直面すると、誰しも気が動転し、落ち着いた行動が取れなくなるものです。それは警察官である皆さんでも例外ではないでしょう。そこで今日は、実際にパニック状態を体験してもらうために、こんなものを用意してみました」

　教官はそばにあった道具入れから何かを取り出した。

「これ、ご存じでしょうか」

　教官が手にしたものは、ダイビング用のゴーグルに似ていた。いや、ゴーグルにしてはちょっとものものしい。レンズの部分に突起のようなものがついているから、外国のアクション映画でときどき見かけるような、特殊部隊が使う暗視装置に近い形状だった。

「通称〈逆さ眼鏡〉というものです。これを誰かにかけてもらいましょうか。女性がいいですね。――そこのあなた。やってもらえませんか」

　教官の視線はわたしの顔に向いていた。

　わたしは前に出て、逆さ眼鏡とやらを受け取り、装着してみた。

　そのレンズを通して覗いた光景は異常な世界だった。天井が下にあり、床が上にある。つまり通常とは上下が逆さまになっているのだ。

　首を下に向けて足元を見やると、自分の足は手前ではなく向こう側にあった。言い換えれば、もう一人の自分が向かいに立っているように見えている。

「これは上下や左右の視野をプリズムによって光学的に逆転させる眼鏡なんです。――歩けますか？」

　その言葉に従って挑戦してみたところ、よたよた歩きになり、三歩ばかり進んだところでもう、隣に立っていた教官の腕に摑まらなければならなかった。

　教官と握手をしようとすれば腕を高く上げすぎ、着ているジャージのファスナーを下げようとすれば指が襟元ではなく裾（すそ）の方へいってしまう、といった具合だ。

　わたしの動作は、傍（はた）から見ればよほどコミカルらしく、何かするたびに場がどっと沸いた。歓声につられてわたしも笑い出していた。

「男性は、それをかけたままトイレに行ったりしてはいけませんよ。オシッコが自分に向かって飛んでくるように見えるので、思わずのけ反（ぞ）る羽目になりますから」

　合間に教官が口にしたこの言葉は、特に大ウケだった。

「さて、この眼鏡にはプリズムが仕込まれていて、回転させれば反転の向きを上下から左右に変えることができます。ちょっと失礼しますよ」

　逆さまの顔で教官が近づいてきて、わたしがかけている眼鏡のレンズに手を伸ばした。

　教官は、プリズムとやらの向きを変えたらしく、そのため視界の上下が正常に戻った。ただし今度は左右が逆になった。自分の右手が左側に見えている。

「歩けますか」

　教官が先ほどと同じリクエストをしてきたので、わたしはまた足を前に出した。ところが、こちらは上下よりもさらに難しかった。

右足を一歩前に出したつもりが、視界の中では突然左足が動いたため、びっくりしてその場にしゃがみ込んでしまった。

その後、もう少し歩いてみたが、眩暈（めまい）がし、吐き気にも襲われはじめた。こうなると、もはや前に進むことをあきらめざるをえなかった。

「では、眼鏡をわたしに貸してください」

そう言われたので、わたしは逆さ眼鏡を外し、教官に渡した。

彼は自分でかけて、すいすい動いてみせた。これもまた大いに喝采（かっさい）を浴びた。

「上下よりも左右が逆転している方が、慣れるのに大変なんです」

教官の説明は、いまわたしが感じたとおりだった。

「実験してみたことがあるのですが、わたしの場合、逆転の向きが上下のときは一日で慣れましたが、左右のときは三日ほどかかりました。ただし、いったん慣れてしまったら、今度は眼鏡を外したあとがまた面倒です。しばらくのあいだは、どっちが左でどっちが右なのか、とっさに判断できなくなりますから。そういう現象には注意が必要ですね」

訓練が終わったあと、わたしは知り合いを捕まえて「面白い宴会ゲームを知らないか」と訊ねてみた。

早食い二人羽織（ににんばおり）だとか、座布団ダルマ落としだとか、いろんなアイデアが出た。

警察学校を出たあとは、交番ではなく玉西署に向かった。

渡会に会いたかった。シフト表によれば、今日も彼は夜勤だ。ただし、まだ出動前の時刻だから、いまごろはたぶん夕食をとっているのではないか。

そう思って一階の食堂へ行ってみると、思ったとおり渡会の姿が隅の席にあった。

わたしは何も注文せずに、向かい側の椅子に腰を下ろした。

「よう」

かつ丼を前にしていた彼は、こちらに向かって挨拶するなり、ポケットティッシュを取り出して洟(はな)をかんだ。

「花粉症ですか?」

「ああ。鼻炎薬を飲んだら眠くてしょうがない。これから乗務があるから、運転中に居眠りしちまわないか心配だよ」

あとのことをよく考えずに行動するのが彼の悪い癖だ。

それにしても渡会は、今日も浮かない顔をしている。昨日とまったく同じ表情だから、余興をどうしようかでまだ悩んでいるのだと知れた。

警察官には元ヤンキーという人間がときどきいるが、渡会はそのクチだった。二十歳前後のころに、違法な改造車を乗り回していた前歴があるらしい。そういう不良じみた気質も手伝って、先輩の言うことには絶対服従しなければ、と思い込んでいるのだ。そしてまた、いわゆる元ヤンの性(さが)として、宴会の余興といった羽目を外すチャンスには、どうしたって自らも進んで張り切ってしまうのだろう。

「今日は避難誘導訓練に参加したんです。警察学校に行って知り合いに会ってきましたよ」

わたしは、さっき仕入れてきた余興のアイデアを渡会に伝えた。

彼は一応耳を傾けてくれたが、その表情はずいぶんとつまらなそうだった。

「肝心の避難誘導訓練では、逆さ眼鏡ってやつを使ったんですけれど、これがけっこう面白くて、みんなに大ウケでした」

こちらも居心地が悪くなり、今日受けてきた訓練内容をかいつまんで話したあと、わたしはそそくさと立ち上がった。

3

一当直二名。三交替制で六名。それに相談員一名を加えて合計七名。それがわたしの仕事場である東畑交番の総人員だった。

交番相談員は百目鬼巴という初老の女性だ。いかついのは名前だけで、外見も中身もいたって柔和な人だから、一緒にいても疲れない。

本部の定めている規則によれば、交番相談員の服装は、正規の警察官とほぼ同型の制服にネクタイ、キャップ帽を着用となっている。だが、百目鬼は規則を破ってノーネクタイで通していた。

それについて誰も文句を言わないところからして、この交番相談員は、県警ではちょっと特別な存在らしかった。

このところ百目鬼は、手相占いに興味を持ちはじめたようで、仕事がないときは湯飲みで茶を啜りながら、その手の本を静かに読んでいる。

たとえ暇な時間ができたとしても勤務中なのだから、趣味の本を開くなどの行為はもちろん御法度だ。しかし彼女の場合は、交番長に黙認されていた。本人にもいっさい悪びれる様子がないのだから、おとなしそうな見かけとは裏腹に、肝はだいぶ据わっているようだ。

午後五時。とっくに日は暮れている。

百目鬼が手相占いの本を閉じ、伸びをした。

「そろそろ失礼しようかな」

そのとき、交番の前に一台の車が停まった。入口ドアのガラス越しに見て、すぐに玉西4号だと分かった。助手席に渡会の横顔があったからだ。

その渡会が車から降り、交番の中へ入ってきた。手に書類用のバインダーを持っている。

彼とペアを組んでいる車長の友永も車外に出たが、こちらは建物には入る気がないらしく、車の前を回り込んで助手席へと移動しただけだった。

玉西署の自ら班は、昼間は車長が運転し、相勤者が周囲を警戒する役目を負っている。夜間になったらその役割を交代する習わしのようだ。

「課長から頼まれました。これを百目鬼さんに渡してくれ、と」

渡会がバインダーから公文書を一枚取り出し、百目鬼に差し出した。詳しい内容までは分からないが、交番相談員への通達のようだった。

「悪いわね、パトロールで忙しいはずなのに交番の手伝いまでさせちゃって」

「何をおっしゃいますか。『警ら用無線自動車は、警らに際して、必要により移動交番車としての活動を行うものとする』ですよ」

渡会が口にしたのは警視庁やこの県警が定めている地域警察運営規程の一節のようだった。

「警ら用無線自動車」とはつまりパトカーのことだ。

「パトカーも交番の一つですから我々は仲間です。遠慮は要りません」

「そうね」

「じゃあ、わたしはこれで失礼します」

「待って、渡会くん。お礼に手相を見てあげるから、右手を出して」

「はあ……」

渡会は肘を直角ぐらいに折り曲げ、自分の左右の手を見比べてから右手を出してきた。

その手に顔を近づけた百目鬼は、「太陽線がはっきりしているね」と言った。

「それ、どういう線ですか」

「ほら、この薬指の付け根にある縦のやつ、これが太陽線だよ。別名は『人気線』。これがはっきりしていると、他人から愛されて、よく援助を受けられるの」

「それ、当たっているかもしれません」

そんな返事と一緒に、渡会はちらりとわたしの方へ視線を送ってくれた。

そう言えば、最近は交番の仕事が忙しく、パトカー整備を手伝うことができなかった。彼とこうして会うのは一週間ぶりだ。

「百目鬼さんも、明日の忘年会にはちゃんと出てくださいね」

「分かってる。そういえば、渡会くんが副幹事だっけ？」

「はい。期待しててください。面白い余興を準備してますんで」

余興か。すっかり忘れていたが、いまの言葉からして、渡会はやっと満足のいくアイデアを思いついたようだ。

「じゃあ、パトロールに行ってきます」

「気をつけてね」

わたしが彼の背中にそう声をかけたとたん、渡会は入口ドアに体をぶつけた。

「すみません。連休明けなもので、体がなまっていたようです」

警察官にも冬休みはある。地域課員のあいだで回覧される勤務シフトを見れば、渡会が昨日まで三日間の休暇を取得していたことが分かる。

「気をつけてね。無茶しちゃだめだよ」

百目鬼の言葉に、制帽を軽く持ち上げることで応え、渡会は交番から出ていった。

彼の運転する玉西４号が視界から消えると、わたしは百目鬼と向き合った。

「いまの太陽線の話は、本当ですか」

そう訊いたのは、先ほど百目鬼が渡会にかけた声が、どこか遠慮がちだったからだ。

「本当だよ。お世辞じゃなかった。ただ……別の線があまりよくなかったの」

「どの線ですか」

百目鬼は珍しく言い淀んでから、こう口にした。「生命線」

「ちょっと百目鬼さん、縁起でもないことを言わないでくださいよ」

「だって本当だったのよ。短かったの。何もなければいいけれど……」

この辺は道が広いうえに交通量が少なく、夜になるとよく、違法な改造を施した車がとんでもないスピードで走ったりする。

百目鬼が帰宅した。

入れ違いに、わたしの相勤者が戻ってきた。

二人で勤務を始めて一時間ほどが経ったころ、防刃ベストのポケットでスマホが鳴った。玉西署の通信指令室からの連絡だ。この近辺の県道で交通事故が発生したという。その知らせに続き、「野次馬が集まってくるだろうから、現場の整理に当たるように」との指示も受け取った。

わたしは相勤者に留守番を頼み、自転車のペダルを漕いだ。

先ほどの連絡によれば、事故発生の現場はきついカーブのある場所だった。東畑交番のパトロール区域内だから、場所はもちろん知っている。

その現場に到着し、わたしは目を疑った。パトカーが横転し、炎上していたからだ。

車種はクラウンだ。ルーフをこちらに見せている。そこには黒い太字で【玉4】とペイントしてあった。

救急車はもう来ていて、友永がストレッチャーに乗せられるところだった。

すでに集まっていた野次馬を掻き分け、わたしは渡会の姿を捜した。

まだ車中に取り残されていたらどうしようかと思ったが、幸い、彼の姿は炎上する車から離れた地面にあった。ただし、ぐったりした様子だ。ぱっと見たところ、身動き一つしていない。呼吸しているのかどうかも、この位置からでは定かではない。

わたしは何か叫んでいたと思う。同時に、強烈な頭痛に襲われ始めていた。ひどいショックを受けると、たいていこうなる。

そのせいで耳も遠くなり、自分がどんな言葉を口にしたのかよく分からなかった。

4

日報を書く手を止めた。頭痛はいまも続いている。

あの事故から、今日で五日が経過していた。

渡会は意識不明のまま市立病院へ運ばれた。翌日に予定されていた忘年会は、当然ながら中止となった。

百目鬼も、いまだにショックを引きずっているようだ。

わたしは百目鬼を相手に、時間を見つけては、これまでにあった渡会とのやりとりを事細かに話した。彼の容体を心配するあまり、そうでもしないと、いてもたってもいられなかったのだ。

いろんな部署に顔が利くらしい彼女は、事故の翌日にはすでに交通捜査課から現場写真を何枚か借り出し、じっと見入っていた。

カラーで撮影されたそれらの写真を、わたしも見せてもらった。

最初に目にした一枚には、道路に残った玉西4号のタイヤ痕が写っていた。渡会の運転するクラウンは右カーブに進入したはずなのだが、アスファルト上に残ったタイヤ痕は、車が左に曲がったことを示していた。

別の写真には、右曲がりの矢印が描かれた黄色い標識が写っていた。そこが急カーブであることを警告するサインだった。矢印の下には【R＝80】という文字が見えていたから、車道曲線部の半径が八十メートルだと分かった。

「この道路の制限速度は五十キロメートル」

写真を見ていたわたしの横で百目鬼が口を添えた。

「道路構造令の決まりだと、その時速ならば、カーブの半径は百メートル以上あることが望ましいとされているみたいだね。事情があってそうできない場合でも八十メートルが限度。それよりきついカーブの道路は造っちゃいけないことになっているそうだよ」

ということは、いままで意識したことがなかったが、事故現場となったあの場所は法令違反すれすれの本当にきつい急カーブだったわけだ。

――「右曲がりの急カーブに差しかかったとき、渡会はハンドルを左に切り、『うわっ』と声を上げた」

それが助手席に乗っていた友永の証言だった。

――「そのときわたしは携帯電話のメールをチェックしていて、下を向いていたため、事故の原因は分からない」

友永はそうも言っている。

――「路上に野良猫でも急に飛び出してきたのではないか。渡会がハンドル操作を誤った原因としては、それぐらいしか考えられない」

締めくくりとして友永が口にしたその言葉が、玉西署の公式な結論ともなった。

横転して漏れ出したガソリンまたはオイルが、排気管の熱によって発火した。そうして車両が炎上したため、ドライブレコーダーの装置が焼失し、データも残っていないとあっては、これ以上の真相究明は難しかった。


非番の日、わたしは自分の軽自動車に乗って、また現場へ足を運んでみた。周辺を歩き回ったが、野良猫など一匹も見つけられなかった。

その後、数日間をかけて、近所を一軒一軒訪問した。猫を飼っているかどうかを確かめるためだった。この聞き込みもプライベートの時間を使ってやった。

事故現場から半径百メートルほどの範囲であたってみたところ、猫のいる世帯は十軒ほどあったものの、どの家も完全に室内飼いをしているとのことだった。

普通の人はハンドルを握っても指先が手の平に届かないが、渡会の場合は違った。体格に応じて手も大きい。したがって指も長いため、ハンドルを一周して爪が手の平に届いてしまう。運転を終えたあとは、いつも親指の付け根にくっきりと爪の痕がついていた。平然と運転しているようだが、実はかなりきつくハンドルを握っていたのだ。

それだけ慎重になっているという証拠だった。

その渡会がなぜあんな事故を起こしてしまったのか。

わたしが自力で捜査したかぎり、猫の飛び出しなどとは考えられなかった。

何が彼に反対方向への急ハンドルを切らせたのか。何が彼の注意を奪ったのか……。

どうしても真相を知りたい。

暴走族の連中がパトカーを待ち伏せし、投石してくるなどはよくあるらしい。そんな話を思い出した。そういう事態が、あの夜も起きたとしたら……。

交通課に出向き、そういう連中を取り締まっている係に相談してみれば、新しい情報を何か摑める可能性がある。目撃者がいるかもしれないから、現場周辺の聞き込みも続けよう。

そうして首尾よく犯人を捕まえ、渡会の耳元で報告してやれたら、もしかしたら意識が戻るのではないか。

そんな一縷（いちる）の望みも抱きつつ、わたしは独自の捜査を続けることを決意した。

交番相談員にもまた冬休みはある。百目鬼は明日から三日間は出てこない。その前に、と思ってわたしは彼女に話しかけた。

「百目鬼さんは優秀な刑事さんだったんですよね」

「まさか。刑事だったのはたしかだけれど、ポンコツの部類だったわよ」

「謙遜(けんそん)しなくても結構です。みんなそのように噂していますよ。――ご迷惑でなければ、わたしに聞き込みのコツを教えてもらえませんか」

百目鬼は、渡会に対するわたしの思いをすでに察していたらしく、すんなりと頷いてくれた。

「でもその前に福原さん、あなたの手相も見せてもらえる？」

「どっちの手ですか」

「右の方」

これからやろうとしている捜査が実を結ぶかどうか、占ってもらうのもいいだろう。そう思って、わたしは彼女に向かって右手を出した。

百目鬼はわたしの手の平を前にして軽く目を見開いた。

「驚いた。感情線がこんなにはっきり出ている人を見たのは初めてかも。それに知能線も太い」

「仕事線といったものってあるんですか」

「わたしが読んでいる本には、そういうものは書いてなかったみたい。まあ、あなたの場合は、どんな問題だって感情と知能でカバーできるよ、きっと」

「だといいんですけれど」

「さて、聞き込みのコツを教えてほしいんだったわね」

「ええ。お願いします」

「警察官になりたてのころは、誰でも自分が偉くなったように錯覚するものだよね。制服を着て路肩でちょっと手を挙げただけで、どんな車もおとなしく停まってくれるんだから」

百目鬼の話を聞き、わたしの脳裏に「残効（ざんこう）」という言葉が浮かんだ。

——警察官にとって制服とはたいへん効果的なものだ。仕事では、その効果を大いに活かせ。だがそれを脱いで私人であるときは謙虚であれ。制服の残効を纏（まと）って尊大になってはならない。

そう担任教官に教えられた記憶がある。

「その錯覚を引きずっていると、聞き込みは失敗する。つまり、一般人に接するときは高圧的な態度は厳禁。制服モードから私服モードへのチェンジと言ってもいいかな。それが最大のコツだよ」

「なるほど、切り替えですか」

「そう」

頷いた百目鬼は、何か思いついた顔になった。

それきり考えごとにふけっている様子だったが、やがて面（おもて）を上げた。

「服装だけじゃなく、気持ちの切り替えも大事だね」

そんな言葉を口にしながらこちらを見据えてきた百目鬼の目は、それまでのように笑ってはいなかった。

気持ちの切り替え……。

下手な捜査など中止し、あきらめてすべてを受け入れろ。でなければ苦い思いをすることになる。

そんなふうに、彼女の表情はわたしに語りかけているようでもあった。

このとき机上で電話が鳴った。わたしは受話器を取り上げた。聞こえてきたのは地域課長の沈痛な声だった。

《ついさっき、市立病院から連絡があった。渡会が――》

亡くなった、と続けた課長の声を、わたしはどこか遠くに聞いていた。

5

いつものように玉西署で制服に着替え、自転車で東畑交番へと向かった。

夜勤をしていた仲間から引き継ぎをし、机の拭き掃除を始める。

百目鬼の席に取り掛かったとき、机の隅に置いてある手相の本に目がいった。手に取り、ぱらぱらとめくってみる。

【手相とは、当てずっぽうの占いなどではなく、長い歳月をかけて蓄積されたデータに基づく統計学であるため、実はかなり正確なのです】などと書いてある。生命線が短かったらしい渡会がたどった運命を思えば、そのとおりかも、とつい考えてしまう。

本を戻したとき、ちょうど百目鬼が出勤してきた。

手には見慣れない小さなポーチを持っている。それを彼女は、わたしが拭いたばかりの机に静かに置いた。

「休み中は、どこかへ行かれたんですか」

そうわたしは訊いてみた。三日間の休みを取得していた百目鬼だが、顔色があまり冴えないように見える。あちらこちらと出歩いたせいで、かえって疲れを溜めてしまったのかもしれない。

「いいえ」彼女がよこした返事の声にも、どこか力がなかった。「家に籠(こも)っていたよ」

「それはもったいない」

「ちょっと、やってみたいことがあったからね」

そのとき交番に来客があった。初老の男性だ。朝の散歩中に路上でスマホを拾ったという。

百目鬼はカウンター席へと出ていき、対面に座るよう男性を促した。そしてカウンター上に置かれたペン皿のボールペンを手に取り、男性の話を聞きながら、拾った場所や時刻などを用紙に書き入れていく。

その背後で、わたしはミニ広報紙作りに取り掛かった。

百目鬼が書類作成に要した時間は、五、六分ほどだったろう。スマホの拾得者が出ていったあと、わたしは百目鬼の背中に向かって訊いてみた。

「体のどこかに怪我でもなさいましたか。もしかして、右肩あたりに」

「いいえ、別に」

そう応じながら百目鬼が立ち上がったため、今度はわたしがいままで彼女が座っていた席に腰を下ろした。

「変ですね。だっていま、百目鬼さんはこうしましたよ」

言って、わたしはカウンター上のペン皿に目を向けた。それはいま自分の右側にある。だからそこからボールペンを取るには、右手をちょっと動かせばいいいだけだ。

しかし、わたしはそうする代わりに体を少し右にひねり、左腕をペン皿へと伸ばした。そうして左手にボールペンを持ってから、それを右手に持ち替えた。

「こうです。だから、右肩が痛くて動かせないのかな、と思ったんですよ」

「鋭いね」

百目鬼は小さく笑った。

交番勤務四年目ともなれば、職務質問にもそれなりに熟達してくる。パトロールに出てバンかけの相手を探すうち、人の不自然な行動には自然と目がいくようになっている。

「怪我はしていないよ。ボールペンは普通に右手で取ろうとした。そのせいで、つい左手が動いてしまったのよ」

「……あの、おっしゃっている意味がよく分かりませんけど」

百目鬼は小さく溜め息をついてから、

「現場周辺での聞き込みは続けてる?」

ふいに話題を変え、そんな問いを投げてきた。

「はい。いまもやっています」

渡会が死亡したと知ったその日も、涙を拭いながら捜査は続けていた。

「収穫はあった？」

この質問には、黙って首を横に振るしかなかった。

「本当はこんなことを言いたくないけれど」百目鬼は絞り出すような口調で言った。「もうやめた方がいいかも」

「なんでですかっ」

わたしは思わずむきになった。

「福原さん、この前、わたしはあなたの手相を見てあげたよね。わたしが右手を出してと言ったら、あなたはすんなりと言われたとおりにしたでしょ」

「ええ」

「じゃあ、これは覚えてる？　事故を起こす直前に渡会くんがこの交番へ来たよね」

「もちろん覚えています」

「あのときも手相を見てあげたけれど、ちょっと変だった」

「変て、どこがですか」

「こんな動きをしたのよ」

百目鬼は両肘を直角ぐらいに曲げ、自分の左右の手の平を見比べてみせた。

記憶を探ってみれば、たしかに百目鬼の言うとおりだったような気がする。

「この仕草は、何を意味していると思う？」

「……さあ」

「どっちが右手でどっちが左手なのか、すぐには判断できず、数秒間考え込まなければならなかった、ってことじゃないかな」

たぶん、そう解釈するのが妥当だろう。

「だとしたら、どうしてそんなことが起きたんでしょうね」

「眠くてぼうっとしていた、とかじゃありませんか。以前、乗務の前にうっかり鼻炎の薬を飲んだことがあって、居眠りしないか心配だ、なんて言ってましたから」

「違うよ」

百目鬼は厳しい表情で首を横に振った。「その前の受け答えはしっかりしていたもの」

たしかにあのとき渡会は、「警ら用無線自動車は、警らに際して――」と地域警察運営規程の一節を唱えていた。普通、眠気で朦朧（もうろう）としている人間は、そんな堅苦しい文章を口にできないはずだ。

「でも、意識がぼんやりしていた以外には、右と左が分からなくなるなんてことはありませんよね」

「どうかな。あるかもよ」

百目鬼は自席に戻ると、机上に置いてあったポーチに手を入れた。そこから取り出したものを机に置く。

それは――逆さ眼鏡だった。

避難誘導訓練で使ったものとはメーカーが別なのだろう。この前自分が装着したものと比べれば、形や色が少し違っている。

「どこから持ってきたんですか、それ」

「遺品のなかにあったものだよ。渡会くんのね」

わたしは何か言おうとしたが、言葉が出てこなかった。

「昨日までの休み中、ずっとわたしは」百目鬼は逆さ眼鏡に視線を落としたまま言った。「これをかけて生活してみた。左と右が反転するようにプリズムをセットしてね。でもそれは、左右逆の世界を体験したかったからじゃない」

「……では、何のためですか」

「眼鏡を外したあとにどうなるか。それを試してみたかったからだよ。結果はさっきあなたが見たとおり。ボールペンを右手で取ろうとしたら、ついうっかり左手が動いてしまった」

百目鬼は、逆さ眼鏡に当てていた視線を、わたしの顔へと向けてきた。

「たしか福原さんは渡会くんに話してやったんでしょ？　これを使って避難誘導訓練を受けたことを」

「ええ、そうですけど」

「だったら伝えたんだよね、その訓練が参加者には大ウケだったことも」

「はい……」

語尾が消え入りそうになった。

戦慄（せんりつ）が静かに足元から這（は）い上がってくる。

渡会は忘年会の余興について、いいアイデアが浮かばずに悩んでいた。

もしかしたら――。

彼は、わたしの口から「逆さ眼鏡を使った訓練が大ウケだった」と聞き、これだ、と思ったのではないか。余興ではその小道具を使えばいい、と考えたのではないのか。

そこで通信販売かどこかの店で、その逆さ眼鏡とやらを手に入れた。

そして忘年会直前に取った三日間の休みを利用し、左右逆転にセットした眼鏡を自分で装着してみた。

自分だけは慣れておき、それでさらにウケを狙う算段だった。

ただし、それを外したあとに起こる現象――残効までは計算に入れていなかった。

一度新しい左右逆転の世界に慣れてしまうと、眼鏡を外したときに、どちらが右でどちらが左なのか、とっさには分からなくなる。

だから百目鬼が手相を見てあげると言ったとき、すぐには右手と左手の判別がつかなかった。

同じことが、あの急カーブでも起きたとは考えられないか。

だとしたら……。

避難誘導訓練の内容を教えなければ、彼は死なずに済んだのだ。

だとしたら……。

あの事故以来、ずっと捜し続けている犯人。それは……。

わたしはカウンターの椅子から立ち上がり、トイレまでふらふらと足を運ぶと、洗面台の鏡に映った顔をじっと見据えた。

冬の刻印

1

防寒服を着て交番のドアを開けた。

休み明けはいつも足が重たい。一歩だけ前に出たところで立ち止まり、無理やり表情を引き締める。

朝の立番でつらいのは、眠気を市民に悟られないようにすることだ。

欠伸を嚙み殺して吐き出した息は、かなり白かった。

嫌な予感がする。ぼくは昔から怪我をしやすい性質(たち)で、特にこういう寒い日には決まって体のどこかを痛めてしまうからだ。

とはいえ、たとえ怪我をしたとしても、強い味方がついている。

ぼくは交番の右隣に立つ建物を見やった。

【土岐田(ときた)整形外科クリニック】

建物二階の壁に設置された立体文字の看板には、今朝がた降った雪が薄く積もっている。

ぼくは顔を前に戻そうとして、しかしまたすぐに右隣を見やった。クリニックの敷地から見覚えのある人影が出てきたからだ。

背の高い七十がらみの男性だった。羽織っているのは褞袍（どてら）で、足元はサンダル履きだ。

その男性、土岐田勲（いさお）は、片手を挙げて「やあ」とこちらに挨拶をしてきた。

ぼくも被っていた制帽を取った。「先生、おはようございます」

何か用件があって出てきたのだろうが、しかし老齢の整形外科医は、すぐ近くまで来てもそれを切り出さなかった。代わりにぼくの顔にじっと視線を当ててくる。

「新関（にいぜき）くん、今朝は肌に艶がないね。よく眠れなかったんじゃないのか」

「おっしゃるとおりです。さすがですね」

心配ごとがあって、昨晩はずっと独身寮のベッドで輾転反側（てんてんはんそく）を繰り返していた。

「おだてる必要はないよ。内科にしても外科にしても、医者の仕事ってのは、言ってみれば人の顔色を見ることに尽きる。そんな商売を五十年近くもやっていれば一目で分かるさ」

「ますます恐れ入りました。――ところで何かご用ですか」

「ちょっときみの耳に入れておきたいことがあってね」

「では、こちらへどうぞ」

ぼくは土岐田を詰所に招き入れた。

交番長も相勤者もパトロールに出ている最中だから、いま在所している交番員はぼくだけだ。

カウンターの内側に入ってもらった。空いている席の椅子をすすめる。土岐田がそこに座るのを待ち、向かい合うかたちでぼくも自席に着いた。

「今朝の朝刊はあるかい？」

「ええ」

この北部交番では全国紙と地元紙を購読している。両方を差し出すと、土岐田は地元紙の方を手にした。

それを後ろの方から開き、社会面に目を通しながら続ける。「わたしがいつも朝早くに散歩しているのは知っているだろ」

「はい、もちろん」

「昨日の早朝も、雪がちらほら降っていたが、やはり散歩に出た。そのとき赤信号で停まっている車を一台見かけたんだ。わたしの勘だが、あの車は、この事件に関係しているんじゃないかと思う」

土岐田は地元紙の社会面を机に広げ、一つの記事を手で指し示した。

【浜科市で轢き逃げ事件　中学生が死亡】

見出しはそうなっている。事件は昨日の早朝、ここ浜科市のさくら町二丁目で発生した。亡くなったのは中学二年生の男子。陸上部に所属して長距離走に打ち込んでいた生徒で、いつも早朝に自主練習のランニングをしていた。そのように記事は伝えている。

「この交番の受け持ち区域で起きた事件だ。新関くんも、いろいろ情報は得ているだろ」

「まあ、それなりには。昨日は公休日で寮にいましたので、まだあまり詳しくは知りませんが。——先生がその車を見た場所はどこですか」

「さくら町三丁目の交差点だ」

「なるほど、二丁目と三丁目ですか。場所は近いですね。でも、どうして轢き逃げ事件に関係があると思われたんです?」

「肝心なのはそこだよ。実はその車というのが、どうも妙な感じで——」

そこで言葉を切り、なぜか土岐田は黙り込んだ。そして突然、人差し指の爪で自分の手首を引っ掻きはじめた。

そうしながら、「書くものはないかねっ」と訊いてくる。

切羽詰まった様子だったから、ぼくは急いでメモ用紙と鉛筆を用意した。

それをひったくるようにして、土岐田は一つの言葉を書きつけた。

【ミオナール】

走り書きの悪筆だが、どうにかそう読める。語感からして薬の名前らしい。

土岐田の不可解な行動にあっけにとられていると、彼は苦笑いを浮かべた。

「驚かせてしまったかな。これは筋緊張改善剤の商品名だよ。今日のうちに補充しておかなきゃいけなかったやつさ。切らしていたのを、いま急に思い出したもんでね」

「そういうことでしたか。たしかに、ちょっとびっくりしました」

土岐田は先ほど「どうも妙な感じで」と言った。たぶん「妙な」と口にした瞬間に「ミオナール」が連想されたのだろう。

「こういうときはさっとメモしておかないと、すぐ頭から消えてしまう。わたしの場合は、紙と鉛筆を用意している間に忘れることも珍しくないから、一つのテクニックを身につけたんだ」

「それが、爪で手首を掻くことですか」

「そう。すると、わずかの間だが、白い線が肌に残る」

その線が消えないうちに紙に書き写した、というわけだ。

「ボイスレコーダーを持ち歩いたらいかがですか」

「あれは駄目だった。何度か試してみたけれど、その都度すぐになくしてしまってね。もう高価な道具なんて持つ気がしないよ」

「そうでしたか。では、さぞご苦労が多いことでしょうね」

「まったくだ」土岐田は白髪の目立つ短い頭髪に手をやった。「しっかり覚えたつもりでも、何かの拍子にぱっと忘れて、また何かがきっかけになって突然思い出す。七十を過ぎたあたりから、その繰り返しさ」

「そういうことが起きる場合は、脳の血管がどこか切れていることが多いと聞いています」

「らしいね。新関くん、よく知っているじゃないか」

「実は、ぼくの祖父も同じだったんです。すぐに忘れては急に思い出し、思い出しては忘れる。それを繰り返しているうちに、脳出血を起こして亡くなりました。ですから、先生にこんなことを言ったら釈迦(しゃか)に説法ですが、一度ほかの医者にかかって頭部のＭＲＩ検査をしてもらった方がいいですよ」

「もちろん、そうしようと思ってはいる。ただ言わせてもらうと、わたしが記憶しづらいのは新しく覚えた知識だけなんだ。昔身につけた治療の技術はけっして忘れない。だからこれからも安心して、怪我をしたらすぐ隣へ来てほしいね」

外勤警察官には受傷事故がつきものだ。不審者に職務質問をかけた際、いきなり突き飛ばされて転倒し、腰を痛めるなどのケースが多い。そんなとき、ここの交番員たちはみんな土岐田の世話になっていた。

「ええ。そうさせてもらいます」

そのとき、着用していた防刃ベストのポケットでスマートフォンが鳴った。所属する署の通信指令室からの連絡だ。

《庭に不審物がある、との通報です。場所はさくら町二丁目の薄井(うすい)宅》

この県警でも、数年前から地域警察デジタル無線システムとやらが導入され、外勤の警察官は従来の署活系無線機に代わってスマホを持つようになった。こっちの方が軽量だし、音声もクリアに聞こえるから、かなり重宝している。

ハコ長と相勤者がパトロールへ出向いた先は、さくら町とは別の方角だ。いま聞いた現場に一番近いのは自分だった。行ってくるしかない。

さくら町二丁目の薄井宅か。県会議員の家だ。地域の有力者とあっては、なおさら放っておけない。そして奇(く)しくも、中学生が轢き逃げされた現場というのがその家の前だった。

ぼくはスマホをしまいながら土岐田に頭を下げた。

「話の途中でしたが、すみません。住民から通報があって、いまから現場へ行くことになりました。あとでこっちからご連絡します」

「分かった。じゃあ、わたしは出直すとしよう」

土岐田が出ていくのを待ち、交番が無人になる旨の表示をカウンターに掲げたあと、ぼくは自転車に跨った。

交番から現場までの距離は五百メートルほどしかなかった。

薄井宅は長い塀を持つ大きな日本家屋だった。その門前に、ダウンコートを着た高齢の女性が待っている。県会議員の母親に違いない。

ぼくは門の少し手前で自転車を降りた。近くの電柱には小さな花束が添えられているため、今朝の地元紙を読んでいない者にも、ここで誰かが事故死したのだと見当がつくようになっている。

ぼくは会釈をしながら老女の方へ歩み寄った。

「北部交番の新関といいます。通報を受けて参りました。不審物があるそうですけど」

そう訊ねたところ、

「こっち」

老女はぞんざいな仕草で手招きし、家の敷地に入れと促してきた。

門から庭に入ると、彼女は、

「ほら、そこ」

庭木の一本を指さした。

松の木だ。二メートルほどの高さにある枝の上に、オレンジ色をした物体が載っている。

それを目にした瞬間、ぼくはハッと息を吞んでいた。

枝に載っているのは長距離用のランニングシューズだった。片方だけだが、きっと死亡した中学生が履いていたものに違いない。撥ねられた衝撃で、あの高さまで飛んだのだ。

ぼくは急いでスマホを取り出し、署の交通課に連絡を入れた。

彼らが到着するまで現場をこのまま保存しようと思っていると、老女が詰め寄ってきた。

「あの靴、そこで撥ねられて死んだ子のものでしょ」

「だと思います」

「そんなもの、さっさと枝から取って、どっかへ持っていってちょうだいよ」

老女はいつの間にか脚立を準備していた。

「いや、でも一応、交通課の担当者にこの現場を見ておいてもらわないと」

「こっちの知ったことじゃないわよ。とにかく早くしてってば。あんなものが家の敷地にあったんじゃ、縁起が悪くてしょうがないでしょ」

相手が県議の母親では分が悪かった。

しょうがない。記録さえしっかり保存しておけばいいだろう。そう考えてスマホを使って複数の角度からシューズと枝の写真を撮ったあと、脚立を借りて登った。

「お巡りさん、あなた、自分の車って持ってる?」

「ええ」

「せいぜい事故には気をつけなさいね」

「ご忠告、ありがとうございます。大丈夫ですよ」

愛車のナンバーは「２５－７４」。語呂合わせで「事故なし」だ。

シューズを手にして脚立から降りようとしたとき、下の方でグギッと嫌な音がした。庭の石で左の足首を捻ってしまったのだ。

痛めた部分をさすっているうち、署の交通課から捜査係の担当者が二人やってきた。

彼らは「あとはこっちが引き受ける」と言う。

こうなってはぼくの出番はない。撮影したデータを相手のスマホに送ってから帰途についた。

交番に戻って自転車を降りたとき、体が大きくよろけて転びそうになった。さっきくじいた左足に強い痛みが走り、体を支えていられなかったせいだ。

2

時計の針はちょうど午後二時を指している。

ズボンの裾をたくし上げ、靴下をずり下げてみた。

左の踝(くるぶし)は、さっき見たときよりもさらに腫(は)れ上がっていた。

薄井宅から交番へ戻ってすぐ、冷蔵庫から氷を取り出し、ポリ袋に入れて患部に押し当て続けていた。だが、痛みが引く気配はなかった。

結局、二時から二時間の時間休を取得し、隣のクリニックへ行くことにした。

制服姿のままというわけにはいかない。着替える必要がある。しかし私服を置いてあるのは署のロッカーだ。ここにはジャージしかない。仕方なく、それを着て交番を出た。

ケンケン歩きで隣の建物へ向かう。

受診の手続きをすると、待つほどもなく名前を呼んでもらえた。

診察室の椅子で、土岐田は今朝と同じように片手を挙げ、「やあ」と挨拶をしてきた。

「また会えたね」

「先生、さっきは失礼しました」

「まあ、今朝の続きはあとにしよう。いまは患者としてここへ来ているんだろ。まず診察をしないとね。今度はいったいどうしたんだい」

「さっき現場に行って脚立を使ったんですが、降りたとき足をくじいたらしく、かなり痛むんです」

「そうか。じゃあ診てみよう」土岐田は診察用のベッドを手で示した。「そこで横になってもらえるかな」

言われたとおりにし、靴下を脱いだ。

そうして触診を受けたあと、X線写真を撮った。その写真を見ながら土岐田が渋面(じゅうめん)を作る。

「わりと重傷だね、これは」

骨が折れている、とのことだった。

「保存的治療でも治せるけれど、思い切ってプレートを埋め込むオペをしてしまった方が早く動けるようになる。どっちがいい？　なに、簡単な手術だよ。局所麻酔だからオペ中は会話もできる」

スタッフは、わたしのほかに助手が一人つくだけだ。かかる時間は三十分程度だろう。ただ切開には電気メスを使うため、臭いが気になるかもしれない。そこは我慢してほしい。そのように土岐田は説明を加えた。

「手術していただけますか」

治療が長引くのは嫌だった。

「分かった。いつにしようか。明日でも可能だよ。午後三時からなら予約できる」

「では、それでお願いします」

骨折となると、仕事を休んで治療に専念しなければならないはずだ。署に報告すれば、いますぐにでも休職扱いになるだろう。

「新関くんは、切り傷や捻挫の治療ならここで何度もしているけど、オペを受けるのは初めてだね」

「ええ」

「手術だと、付き添いの人を誰か連れてきてもらうことになっている。家族や友人で都合のつく人はいるかな」

「探してみます」

「ちなみに、うちではオペを公開しているよ。付き添いの人は隣の部屋からその様子を見守ることができる」

誰かに付き添いを頼むとき、そう伝えてやれば、たとえ多忙でも興味が勝って引き受けてくれるかもしれない。

「では、今日のところは応急処置だけしておこう」

そう言って土岐田は、ぼくの左足首に痛み止めの注射をし、骨折部にドレッシングテープを張った。そして黒いシーネを被せ、上から真っ白い包帯を丁寧に巻いていく。

そうした処置をしながら彼は言った。「じゃあ朝の続きをしようか。――どこまで話したっけな」

「赤信号で停まっている車が怪しかった、というところまでです」

「ありがとう。――それがどんな車かというと、色は普通の黒だった。車体はへこんでいないし、傷もなければ血もついてなかった。ただし、ボンネットには人と接触したような痕跡があった」

「痕跡ですか。具体的にはどんなです?」

「あの日も真夜中から明け方まで小雪が降っていただろう。だから屋根のない駐車場に停めてある車はみな、ボンネットに薄く雪を積もらせていた。こんなふうにね」

土岐田は診察机に新聞紙を広げた。その上にベビーパウダーを正方形のかたちに撒く。

「その車も同じだった。ただし、運転席から見て左側半分はこうなっていた」

　土岐田はベビーパウダーの上に手の平を置き、ずずっと前に滑らせた。そうして正方形の左側半分の粉を消し去るようにしてみせる。

「おかしいだろ？　運転する前にボンネットに雪が積もっていた場合、払うなら払う、放っておくなら放っておく。それが普通の行為だ。半分だけ払っておくなんて人間はまずいない」

「おっしゃるとおりです」

「だからピンときたんだ。これは事故があったことを示す証拠だ、とね。わたしに目撃される前に、たぶんあの車は歩行者と接触したんだよ。道の左側にいた人を撥ねたんだ。被害者の体はボンネットに乗り上げた。そのせいで左側半分だけ雪が払いのけられた、というわけだ」

「先生っ」ぼくは足首の痛さも忘れ、前のめりの姿勢になった。「それはすごく貴重な証言です。そいつこそ中学生を轢き逃げした犯人の車に違いありませんよ。――でも、よく雪の異変に気づきましたね」

「わたしも、メモしておきたいことを突然思い出したとき、車のボディに指で文字を書いたことが何度かあるんだ。そこに付着している雪や、あるいは埃（ほこり）とか泥跡なんかを利用してね。だから、そういうのには自然と目がいくのさ。――最近ではもう、そんな具合に手近なものを無理やり使う妙なメモ術が、すっかり身についてしまったよ」

　苦笑いをしてみせた土岐田に、ぼくはさらに上体を近づけた。

「それで、ドライバーの顔は見たんですか」

「フロントガラス越しに運転席を覗いてはみたんだが」土岐田は小さく舌打ちをした。「人相までは確認できなかった。ただ、若い男だったような気がした。ちょうど新関くんぐらいかな」

「すると二十八歳前後ということですね」

「ああ。だけど、向こうもわたしを意識してか顔を下に向けていたし、そもそも日が昇る前だったから辺りもまだ薄暗くてね。だから目鼻立ちは分からない。似顔絵を描いてくれと頼まれても無理だ」

自動車にはまるで興味がないため、メーカーにも車名にも見当すらつかないという。

「では、ナンバーはどうです？　覚えていませんか」

「それもなあ……」土岐田は眉間に深い皺を作った。「そのときは覚えていたんだけれど、家に戻ってくるまでに忘れちまっていた。いや面目ない」

「もしかして、語呂合わせで記憶したりしていませんか。例えば『11－92』なら『いいくに』、『56－48』なら『ころしや』みたいに。ぼくが警察学校にいたときは、そうやって車のナンバーを覚える訓練をやらされましたけれど」

「うん。実はそうしたつもりだったんだ。四つの数字をある言葉に置き換えて、歩きながらぶつぶつ唱え続けていたんだよ。でも家に帰り着いたときは、その言葉がきれいさっぱり頭から消えていたってわけだ。まったく」

年は取りたくないね。そう土岐田は弱々しく独り言ちてから、こう付け加えた。

「このざまじゃあ、そろそろ隠居のしどきかもしれないな」

「そんな。もし先生が引退したら、このクリニックはどうなるんですか」

「息子が同じく整形外科医をやっているんだ。いまは東京の病院に勤めているが、そこを辞めて、ここを引き継いでもいいと言っている」

「よかった。跡取りが先生の息子さんなら、こっちも安心して怪我をし続けられるってものです。——それはさておき、ぼくは立場上、いま先生からお聞きした内容を交通課の捜査係に伝えなければなりません」

「ああ、そうしてくれ」

「すると捜査係が先生のところへ改めて聞き込みに伺うことになると思いますが、それでもかまいませんか」

「かまわんどころか大歓迎だよ。一刻でも早く犯人を捕まえてほしいからね」

「ありがとうございます。——ところで個人的なお願いが一つあるんですが」

「何だね」

「もしナンバーを思い出したら、まずぼくに教えてもらえませんか。ぼくだけに」

落ち込んでいた表情をしていた土岐田だが、いまの言葉を耳にしてにやりと歯を見せた。

「新関くん、きみも人の子だね。手柄がほしいわけか。さてはいい加減、交番勤務から抜け出したいと見える」

「図星です」

いまは独身寮に戻れば、巡査部長への昇任試験に備えてひたすら問題集に取り組む毎日を送っている。気晴らしといえば、たまの休みに朝早く出かける海釣りぐらいだ。

「先生、いいですね。数字を思い出したら、誰にも話さず、まずはぼくに教えてください。きっとですよ」

「分かった。約束しよう」

土岐田に診断書を書いてもらったあとは、クリニックのスタッフから松葉杖を借りて交番に帰った。それが午後四時ちょっと前のことだ。まだ勤務時間が一時間と少し残っている。

ハコ長を通して地域課に連絡してみたところ、診断書をもってくれれば休職の手続きをするという。思ったとおりだ。

土岐田に書いてもらった診断書を持って署に行き、その場で手続きをした。期間は最長で一か月。骨折が治り次第、復帰するというかたちだ。

勤務中の怪我だったため、労災扱いになって治療費も出るらしい。ぼくが抜けた穴には交番相談員を一名派遣するという。

休職の手続きを済ませたあと、署のすぐ近くにある独身寮に戻った。

土岐田からは、手術には付き添いが必要と言われている。そこで同じ寮内にいる何人かの知り合いに頼んでみたが、明日の午後に体が空く者はいなかった。

3

「助かったよ。じゃあ気をつけてな」

運転席の後輩に礼を言い、ぼくはパトカーの助手席から降りた。

独身寮からこの北部交番までは約二キロメートル。タクシーを利用すれば八百円ほどかかるため、送ってもらえたのはありがたかった。

手術の約束は午後三時だ。それまであと三十分ばかり余裕がある。

ぼくは交番のドアを開けた。クリニックの待合室にいても退屈するだけだから、職場で待機させてもらうつもりだった。

まずハコ長や交番に詰めている者たちに、昨日の午後土岐田から聞いた話を伝えた。この内容は、すでに交通課の捜査係にも連絡してある。ただし「ナンバーを思い出したら、ぼくだけに教えてください」と頼んだことだけは、もちろん誰にも言わないでおいた。

一通り話し終えたとき、見たことのない初老の女性が給湯室から出てきて、ぼくの前に熱いお茶を置いてくれた。

「こちらは交番相談員をしていらっしゃるドウメキトモエさんというお方だ」

ハコ長が女をそのように紹介した。言葉遣いがやけに丁寧なところをみると、ある程度甲羅(こうら)を経た職員からは尊敬を集めている人なのかもしれない。

「新関、おまえが休んでいるあいだは、この方にいてもらうことになったぞ」

「そうですか。新関康也(やすなり)です。よろしくお願いします」

「こちらこそ、よろしく」

初老の女は丁寧な辞儀をした。訊けば、名前は漢字で「百目鬼巴」と書くそうだ。字面は恐ろしげだが、彼女自身は穏やかそうな人だった。

「ところですみません、今日これから骨折の手術を受けるんですけど」ぼくは皆に向かって言った。「どなたか二時間ばかり自由になる人はいませんか。付き添いをしていただけると助かるんですが」

「わたしでよければ、お手伝いしますよ」

そう応じてくれた者が一人だけいた。百目鬼だ。

「だけど、百目鬼さんは仕事があるんじゃありませんか」

「今日は挨拶に寄っただけ。正式な勤務は明日から。だから問題なし」

「……では、お願いします」

そうこうしているうちに来院予約をした午後三時が近づいてきた。百目鬼と一緒に交番を出る。

ぼくはあまり社交的な性格ではないため、初対面の人に付き添ってもらうなど、正直言ってありがた迷惑だった。

かといって黙っているのも気まずい。松葉杖を頼りにクリニックまでわずかの距離を歩きな

がら、無理に話題を探した。すると、

「さっきあなたがした話の続きだけどね」

ありがたいことに百目鬼の方から口を開いてくれた。

「土岐田医師という人が目撃した黒い車。それって普段、轢き逃げの現場からそれほど遠くない場所に停めてあるんじゃないかな」

意表をつく言葉に、ぼくは思わず百目鬼の横顔を見つめてしまった。

「どうしてそう言えるんですか」

「だって医師の証言だと、ボンネットに薄く雪が残っていたんでしょ」

「ええ。右側半分に」

「だったら、中学生を撥ねたのはエンジンを始動してからあまり時間が経ってないうちだった、って考えるのが妥当じゃない?」

言われてみればそのとおりだ。現場から遠い位置に停めてあった車なら、始動してから時間が経っているため、エンジンの熱でボンネットの雪はすっかり解けていたはずだ。

この相談員、なかなかの切れ者かもしれない。ハコ長が一目置いていただけのことはありそうだ。

「でもねえ……」百目鬼は溜め息をついた。「そこまで絞れたとしても、黒い車なんてかなりの台数が存在しているわけだから、たぶん捜査は難航するだろうな」

「ですかね、やっぱり」

「ところで、どんな手術なの？　これから新関くんが受けるのは」

「内固定という方式らしいです。つまり骨に直接プレートやネジを取り付けるやり方ですね」

プレートの素材はチタンで、ずっと体に入れっぱなしにしておいても問題はないらしい。もし違和感があったら抜釘(ばってい)手術も可能だという。

「それから、付き添いの人には、オペの様子を公開しているそうですよ」

「へえ、面白そう」無邪気な声を上げ、百目鬼は好奇心に目を輝かせた。「そういうのって大好き」

クリニックの建物に入った。待合室には、ほかに患者は誰もいなかった。手術のある日は外来を断っているのかもしれない。

受付に診察券を出すと、待つほどもなく名前を呼ばれた。

百目鬼と一緒に診察室に入る。

昨日は土岐田に顔色を心配されたぼくだが、今日は同じ心配をぼくが彼に対してする番だった。土岐田の表情は、昨日に比べて心なしか硬い。あまり体調がすぐれないようだ。

それを押し隠すようにして、医師は大きな声を出した。

「おや、新関くんのお母さんですか」

百目鬼に向けられた言葉だった。

誤解を解こうと、ぼくは急いで紹介した。「こちらは交番相談員の百目鬼さんです」

百目鬼もすかさず、「新関くんが休職しているあいだ、代わりに隣の交番で勤務する者です」

と付け加える。

「これは失礼」

土岐田も百目鬼に挨拶をしてから、改めて手術の手順を簡単に説明した。

それを終えると立ち上がり、診察室の一方を指さす。そこにはドアが二つ並んでいた。向かって右には【手術室】、左には【控室】と表示が出ている。

「では新関くんは右の、百目鬼さんは左の部屋に入ってください」

ぼくは言われたとおりに移動し、患者衣に着替えた。

先に室内にいたスタッフの指示で、手術台に横たわる。

控室のある方へ首をひねってみると、大きなガラス窓があり、その向こう側に百目鬼の姿が見えた。ぼくに向かって手を振っている様子は、まるで子供のようだ。

「やめてくださいって。照れますよ」

小声で独り言ちたつもりだったが、百目鬼はそこで手を振るのをやめた。控室には、こっちの音声も聞こえるようになっているらしい。

やがて手術衣姿の土岐田が入室し、患部に麻酔の注射をした。その間にスタッフがぼくの上半身と下半身の間に青いカーテンを設置する。

左足の膝から下の感覚がなくなるまで、ほとんど時間はかからなかった。

「では始めるよ。リラックスして」

手術台の周辺に並べられた幾つかの装置。その一つがビーッと音を発し、かすかに異様な臭いが漂ってきた。産毛（うぶげ）や皮膚の焼ける臭いだ。カーテンで遮（さえぎ）られているため下半身の様子は見えないが、この異臭のおかげで電気メスによって患部が切開されたのだと分かる。

「ほら、もう骨が見えた。いまからプレートをネジで固定するよ」

「お願いします」

骨に穴を開けられる。その様子を想像したら、声がやや上擦（うわず）ってしまった。

「心配ご無用。わたしの腕を信用しなさい。五十年近くこの仕事をしてきて医療事故は一件もなしだか――」

「なしだからね」そう言おうとしたらしいが、土岐田が急に口をつぐんだため、語尾が途絶えた。

思わぬ出血でもあったのか、慌てた様子が伝わってくる。

またビーッと電気メスの音がした。焼灼（しょうしゃく）して止血しようとしているのかもしれない。

ぼくはさすがに不安になり、

「先生、本当に大丈夫ですか」

そう声をかけずにはいられなかった。

「ああ、問題ない。すまなかった。許してくれ」

土岐田の謝り方がどうも大袈裟（おおげさ）に思えて心配が増す。一方で、その口調がどこか明るかったため安心もした。

「よし、うまくいった。これで事件は解決だ」

こっちの仕事が警察官であることを思ってか、そんな表現で手術の終了を告げてくる。壁の時計を見やると、事前の説明どおり三十分ぐらいしか要していなかった。

「了解です。先生、お手柄ですね」

ぼくも調子を合わせて答えながら、手術台の上で上半身を起こした。

「いや、手柄は新関くんのものさ」

そうかもしれない。意識を保ったまま足を切り開かれるというのは、気の弱い者にとっては拷問を受けているに等しい。パニックも起こさずよく耐えたのだから、自分を褒めてやってもいいはずだ。

その後は、X線写真を撮って終わりになる予定だった。あとは一週間に一度の割合で来院し、経過観察を受けるだけでいいという。

ところが、いつまで待ってもX線の撮影は始まらない。そのうちクリニックのスタッフがバタバタと右往左往し始めた。

「救急車呼んで！　先生が！」

スタッフの上げたそんな声が聞こえてきて、察しがついた。土岐田の体調が悪化したのだ。

スタッフの一人がぼくのところへ走ってきて、慌てて左足に包帯を巻く。そのときには、もう救急車がクリニックに来ていた。

現場が混乱していたせいで、X線写真は省かれてしまったようだ。慌てふためくスタッフたちが気の毒で、ちゃんと撮ってくださいとは言えなかった。

クリニックから出るとき、スタッフたちが「市立病院」と口にしているのを耳に挟んだ。そこが土岐田の搬送先なのだろう。

交番に戻ると、誰もがパトロールに出ているらしく、詰所は無人だった。

帰りはタクシーを使おうと思い、電話で小型を一台呼ぶ。

「新関くんは、特に土岐田先生と親しいようだけれど、どうしてなの？」

そう百目鬼に訊かれて初めて、自分がいつの間にか市立病院のある方角へ向かって祈るように指を組んで手を合わせていたことに気づいた。

ぼくは指をほどくと、着ている服の襟ボタンを外し、左の鎖骨を百目鬼に見えるようにした。そこには古い刺創（しそう）がある。

「これは、不審者に職質をしたとき、相手が持っていた刃物で刺された跡です。それから――」

今度は髪の毛を掻き上げ、右のうなじを見せてやる。そこには長い引っ掻き傷があるはずだった。

「これは海釣りをしている最中に針を引っ掛けて負ったものです。ほかにも体のあちこちに傷跡がありますよ」

「怪我を負いやすい性質なのね」

「はい、人一倍。ここの交番員で最も多く隣のクリニックに足を運んでいるのがぼくですので、それで先生と懇意になりました」

交番で勤務していると地域のいろんな人と知り合いになる。そのなかでも土岐田は最も親しい相手と言えた。歳は親子以上も離れているのに不思議なものだ。

そして親しい知り合いである一方、いま土岐田は轢き逃げ事件の大事な目撃者でもあった。犯人の車。そのナンバーを思い出すかもしれないのだ。もしその前に彼が死亡したとなれば、手掛かりは永久に失われる——。

「百目鬼さん。迷宮入りになったら、どうしましょう」

交通課によると、現時点で土岐田以外に目撃者はいないという。また、犯人は街頭の監視カメラが設置されている場所を把握していたらしく、巧妙にそこを避けて逃走しているとのことだった。要するに、解決のための手掛かりは皆無に等しい状態なのだ。

「例の轢き逃げ事件のこと？」

「ええ」

ぼくが気弱な声を出すと、百目鬼が距離を詰めてきた。

「わたしの首を絞めてごらん」

ぼくは返答に困った。どうしてそんな冗談を口にするのか。彼女の真意を探ろうと頭を回転させてみたが、答えは見つからなかった。

「もちろん絞める〝ふり〟だけだよ。さあ早くやってみなさい。わたしを殺したい相手だと思って」

どうやら冗談ではなく、本当にそうしろと要求しているようだ。

まだ交番員が帰ってくる気配はないし、いま座っている場所は外から死角になる位置だから、人目は気にしなくてもいい。

ぼくは戸惑いながらも両腕を上げた。開いた十本の指を百目鬼の喉に軽く押し当てたあと、ほんの少しだけ指先に力を入れてみる。

彼女の肌には、ごくわずかな湿り気があった。

「どう？　もしこうやって本当に人を殺したら、自分の指先に残った感触を簡単に忘れられると思う？」

「いいえ」ぼくは百目鬼の首から手を離した。「忘れるなんて無理です。死ぬまで残り続けると思います。自分が犯人であることの証拠として」

「あなたの言うとおり。その感触こそ罪の証拠。そして罪の証拠は犯人自身に刻みつけられる。旧約聖書に『カインの刻印』という話があるけれど、ちょうどあんなふうにね」

「その刻みつけられた証拠が、ずっと犯人を罰し続けるわけですか」

「ええ。事件を解決できなかった刑事は、そのように考えて納得するしかない。逆に言うと、そう考えれば少しは納得できる」

この百目鬼という先輩は、どぎついことをわりと平然とやったり言ったりするタイプのようだ。してみると、現役時代はいろいろと修羅場を体験してきた人なのかもしれない。

タクシーで独身寮に帰ってからも、ぼくは祈る気持ちで市立病院の方角へ向かって手を合わせ続けた。

4

「刑事訴訟法第二百十二条、第一項、現に罪を行い、又は現に罪を行い終った者を現行犯人とする。第二項、左の各号の一にあたる者が」

そこまで声に出して参考書を読んだとき、スマートフォンが音を立てた。仕事で貸与されているものは署のロッカーに預けてある。いま着信音を鳴らしているのは個人で所有している方のスマホだ。

《新関くん、元気?》

意外なことに百目鬼からだった。

「ええ、まあ」

《ちゃんとほかの病院で診てもらった?》

――「当クリニックはしばらく休診します。提携しているほかの医療機関を紹介しますから、そこで手術後の経過観察を受けてください」

そのような電話が土岐田クリニックのスタッフからかかってきたのは、手術翌日のことだった。同じ連絡は、付き添いを務めた百目鬼にも届いていた。

後日、提携先の医療機関名を知らせる文書が紹介状とともに郵送されてきた。だが、その封筒は、もう半月以上も机の隅に置きっぱなしになっている。

「……いいえ」
《呆れた。万が一、骨がおかしな形に固定されてしまったらどうするの》
「だって、まったく異状を感じていませんから」
それは事実だった。だから経過観察の受診を延び延びにしてしまっていたのだ。
《駄目だって。ちゃんとX線写真を撮ってもらって、正常な形で骨がくっついていることを確認しておかないと。新関くんがもたもたしている間に、土岐田クリニックは診療を再開しちゃったじゃない》
それは聞いていた。
《いますぐ交番へ来なさいよ。またわたしが隣へ付き添ってあげるから》
「でも」
《そんなに試験の準備が忙しいわけ？》
ハコ長からでも聞いたらしく、こっちが巡査部長への昇任を目指していることは、もう百目鬼も把握しているようだ。
「正直に言うと、そうです」
休職というまたとないチャンスを逃したら、あとはもう、これほどまとまった勉強時間を確保する機会は訪れないだろう。
《いまどこをやってるの？》
「刑事訴訟法第二百十二条第二項の条文です。それを覚えようとしていました」

《それって、どんなのだっけ？》
「現行犯についての規定ですよ。『左の各号の一にあたる者が、罪を行い終ってから間がないと明らかに認められるときは、これを現行犯人とみなす』として四つが挙げられています」
《ああ、あれね。そんなの簡単じゃない》
「簡単？　ならば百目鬼さんは、その四つをソラで言えるんですか」
《もちろん》
　まさか。はったりに決まっている。
「では言ってみてください」
《もしわたしがちゃんと答えられたら、いますぐ経過観察を受けてくれるよね》
　どうしてそこまでぼくの診察に拘(こだわ)るのだろう。理由は分からないが、成り行き上あとには引けない。「いいでしょう」と答えるしかなかった。
《じゃあ言うよ。――一、犯人として追呼(ついこ)されているとき。二、贓物(ぞうぶつ)又は明らかに犯罪の用に供したと思われる兇器その他の物を所持しているとき。三、身体又は被服に犯罪の顕著な証跡(しょうせき)があるとき。四、誰何(すいか)されて逃走しようとするとき》
　正解だ。百目鬼が口にした言葉には一文字の誤りもなかった。
　思い出し思い出しという感じだったが、電話の向こうで六法のページを繰る音はしなかったし、パソコンやスマホの類(たぐい)を操作した気配もなかったから、カンニングをしたとは考えられない。

《どう？》

「……いますぐ、そちらへ行きます」

電話を切って独身寮を出た。

松葉杖を使って近くの月極駐車場まで向かい、そこに停めてある愛車に乗る。骨折したのが左足で、まだよかった。ＡＴ車だから右足さえ無事なら運転できる。

北部交番近くのコインパーキングに車を停め、そこから、また松葉杖を頼りに歩いた。

半月ぶりの職場だった。

今日の当番員に挨拶してから、ぼくは気まずい思いを抱えつつ百目鬼の前に立った。

「これから隣に行って受診してきます」

それだけを言って背を向けたところ、さっき電話で百目鬼が言っていたとおり彼女もついてきた。

このクリニックは、いまでは土岐田の息子が跡を継いで、つい先日、新たに診察をスタートしたばかりだ。

土岐田は市立病院へ運ばれた翌日に亡くなった。死因はやはり脳出血だった。かつてぼくが心配したとおりの事態が起きてしまったわけだ。

土岐田が覚えていたかもしれない轢き逃げ犯のナンバー。その数字を彼の口から聞き出すことはついになかった。

予約をしていないため、しばらく診察室で待っていなければならない。

ぼくは隣に座った百目鬼に小声で話しかけた。「さっきの続きですけど、よく条文が言えましたね」

「だって、こう見えても昔ちゃんと勉強したもの」

「それにしたって見事な記憶力ですよ」

「まずい。どうしよう。逃げる現行犯」

いきなりそんな言葉を百目鬼が口にしたため、訳が分からずに戸惑ってしまった。

「……いまの、どういう意味ですか」

「だから、そうやって覚えたのよ。いい？　第二百十二条第二項のキーワードを挙げるとするなら、『間がない・追呼・贓物・証跡・逃走』でしょ」

「まあ、そうですね」

「それらの頭文字は『間・追・贓・証・逃』だよね」

「ええ」

「すると、『間』と『追』で『まづい』すなわち『まずい』。『贓』と『証』で『ぞうしょう』つまり『どうしよう』。そんな語呂合わせを作ることができる」

「なるほど」

「そこまでやれば、残る『逃げる現行犯』のイメージは自然と頭に浮かぶ。ね？　なかなか上手い記憶法でしょう」

「ええ。でもそんな覚え方、よく思いつきましたね」

「これはわたしが考え出したわけじゃないよ。警察官昇任試験の世界にもいろいろ秘伝があってね。重要な条文については、覚えやすい語呂合わせを、すでに先達が考え出してくれているわけ」

「そうでしたか。ならば今度、時間のあるときにほかのも教えてもらえませんか」

「いいよ。でもそんなことより、いまはもっと大事な話をしましょう」

「大事な話……ですか」

「そう。手術の日のことを覚えてる？　土岐田先生の言葉で、ちょっとおかしいことがあったよね。新関くんに謝ったでしょう。『すまなかった。許してくれ』って」

「ええ、覚えています」

「あれがずっとわたしの意識に引っ掛かってるのよね。何だか違和感のある物言いだったから」

「たぶん土岐田先生は、処置を少しだけトチッたんだと思います」

「そうなの？　ちょっとトチッただけなら、患者に黙っていたっていいでしょうに」

「先生は、そこらの医者よりずっと正直だったんですよ」

「それにしたって、謝り方が大袈裟すぎない？　なんだか、医者として絶対にやってはいけないことを故意にやってしまった。そんな印象すら受けたんだけど」

　それは自分も感じたことだった。

「それからもう一つ、そのあとで口にした言葉も変だったよね」

「何て言いましたっけ」

「『事件は解決だ』って」

「ああ、そうでした。でも、それのどこが変なんですか」

「普通に言うなら『手術は上手くいった』でしょ。どうしてわざわざ別の言い方をしたわけ?」

「ぼくが警察官だからでしょう。こっちの仕事に合わせた表現をしたまでですよ」

「そうかもしれない。だけど、そうじゃなくて、文字通りの意味だったとしたら?」

「……どういうことですか」

「土岐田先生が抱えていた『事件』って何?」

「それはもちろん、自分が目撃者になった一件でしょう。轢き逃げで中学生が亡くなったあの事件以外にありません」

犯人はまだ捕まっていない。交通課は捜査を続けているが、完全に手詰まりの状態にあると聞いていた。

「そうだよね。それが『解決』した。つまり、もしかしたらだけど、土岐田先生は手術中に突然思い出したのかも」

「……車のナンバーを、ですか」

「ええ。それを、X線写真を撮ったあとで新関くんやわたしに伝えようとしたけれど、運悪く、その直前に脳出血を起こしてしまった。そうは考えられないかな」

「なるほど。ナンバーを思い出したなら、たしかに『事件は解決だ』ですね。——でも、それをぼくたちに伝えてくれなければ、どうしようもありません。本当の意味での解決ではありませんよ」

「そうなのよね。残念ながら……」

百目鬼が目を伏せたとき、ようやくぼくの名前が呼ばれた。

レントゲン室で患部のX線写真を撮ってもらったあと、診察室へ向かう。

すると百目鬼も、手術時の付き添い人という立場でそこへ入室してきた。

「これがいま撮影した新関さんのX線写真なんですが……」

土岐田の息子はパソコンの画面を指さした。

「ちょっと変なんです。これが分かりますか」

左足首の骨。その一部に、何やら細くて小さな線がごちゃごちゃと固まっている。目を凝らしてみると、それはハイフンを間に挟んだ四桁の数字だった。

「すみません。うちの親父がやったんでしょうね。あの人、ここ数年は、妙なものに妙なものでメモする癖がありましたから」

息子は恐縮しきった顔で、ぼくに頭を下げた。

「患者の体を故意に傷つけるなんて、医者として絶対にやってはいけないことです。わたしから謝ります。――でも、骨も新陳代謝をしています。古いものはどんどん新しい骨に置き換わりますので、時間さえ経てばこのメモも消えると思います」

医師の話を聞きながら、ぼくは息苦しさを感じ、服の襟元を指で押し下げた。

百目鬼はといえば、さっきはがっかりした素振りを見せていたが、あれは単なる演技だったらしく、いまは会心(かいしん)といった感じの笑みを浮かべている。

どうやら彼女は、この事態を見抜いていたのだろう。いま土岐田の息子が言ったように、いずれ新陳代謝でこの数字は消えてしまう。だからあれほど執拗(しつよう)に「早く経過観察の受診をしろ」とぼくに迫ってきたのではないか。

土岐田が倒れてから、ぼくは指まで組んでずっと祈っていた。

このまま早く死んでくれますように、と。

そうすれば轢き逃げ事件の目撃者はいなくなる。海釣りに行こうとした早朝、うっかりこの身が起こしてしまったあの事件の目撃者は。

そのとおりになったから喜んでいたのだが、ここに至ってこのざまとは。

ぼくの思惑をよそに、百目鬼がこっちの耳に口を寄せてきた。

「これが土岐田先生の見たナンバーね。先生はたぶんこの数字を『事故なし』の語呂合わせで覚えていたんだと思う」

それをいったん忘れてしまったが、手術中に自ら口にした言葉――「医療事故は一件もなし」によって思い出し、今度はとっさに書きとめたわけだ。手近にあったものを無理やり使って。

X線写真で見るぼくの左足首の骨には、

【25－74】

たしかにそう電気メスでメモされている。

「このナンバーに当たれば、なるほど『事件は解決だ』ってことになりそうね」百目鬼は勢いよくぼくの肩を叩いてきた。「やったじゃない、新関くん。本当にお手柄だよ」

ぼくは自分の骨に書かれた数字を眺めながら、

――罪の証拠は犯人自身に刻みつけられる。

その言葉をぼんやりと思い返していた。

嚙みついた沼

1

午後五時十五分の退庁時間に席を立ち、房間（ふさま）警察署の建物を出た。

すると門のところで、ちょうど雄吾（ゆうご）とばったり顔を合わせた。わたしたち夫婦の帰りがこうして一緒になることは、それほど珍しくはない。

雄吾は今日もむすっとしていた。昨日よりも、さらに虫の居所が悪いらしい。

彼の顔から笑みが消えたのは一週間ぐらい前だった。以来、日に日に機嫌の悪さを蓄積している、といった感じだ。

職場で何か嫌なことがあったのは確かだろう。

留置（りゅうち）管理課の業務など、見張り台に腰をかけて被疑者を監視していればいいだけだと思っていたが、そこまで単純な話ではないらしい。そのあたりの事情については、正式な警察官ではなく広報課の臨時職員でしかないこの身には、よく分からない。

いったい何があったのか。気になるが、なかなか訊けないでいる。

互いに無言のまま十分間ほど歩いていると、急に目の前の景色が開けた。市街地ではあるが、この辺り一帯は田圃が多い地域だ。

田圃の向こう側には、民家が何軒か並んでいるのが見える。そのうちの一軒、渋屋と表札が出ている木造の二階屋が、わたしたち二人の住まいだ。

ここから我が家までは、田圃沿いの道を歩くことになる。

田圃と道路を隔てるガードレールに近づいて下を覗けば、そこには農業用の細い水路が走っていた。

わたしは見るともなしに、その用水路に視線を落としながら歩き続けた。九月中旬。すでに稲刈りのシーズンに入っているため、水の量はだいぶ少ない。

雄吾は仏頂面を崩さず口を閉ざし続けている。そのせいで、チロチロと細く流れる水の音が、ずいぶんはっきりと耳に届くありさまだ。

わたしがぴたりと足を止めたのは、我が家まであと数メートルのところまで来たときだった。

「ちょっと待って」

夫に言い置き、三歩ほど戻る。いま、視界の端に妙な物体を捉えたように思ったからだ。それが何なのか確かめたかった。

ガードレールに手をかけて、上半身を乗り出すようにして下を覗き込んでみると、やはり用水路に異物が落ちていた。大きな岩石のようだ。

もっとよく目を凝らしてみて驚いた。その岩石が、のそっ、と動いたからだ。

それは岩でも石でもなく、生き物だった。カメだ。かなり大きい。甲羅の長径は三十センチをゆうに超えているだろう。

「ほら、あれ見て」

わたしは雄吾を近くに呼び寄せ、用水路を指さした。

その方向へじっと目を向けていた雄吾は、やがてぼそりと言った。

「カミツキガメだな」

「ああ、あれが例の」

カミツキガメ。その名称については、たまにニュースで聴くことがあった。たしか元々は外国にいたカメで、ペットとして輸入されたが、飼い切れなくなって川や湖に捨てる人が相次ぎ、日本国内の各所で繁殖してしまったらしい。この市内でも以前から目撃例がちらほらと報告されていた。

それにしても大きい。用水路を完全に塞いでしまっている。小学生の時分に住んでいた山間部ならいざしらず、町中にもこんな生き物が本当に出没するとは意外だった。

「潤子、市役所に連絡してくれ。担当は環境生活課だ」

カメに視線を向けたまま雄吾が言う。

わたしはスマホをバッグから取り出し、すでに登録してあった市役所の番号を呼び出した。

ところが応答したのは守衛で、彼の口から出てきたのは、

《もう時間外ですので、係の人がいません。明朝にまた連絡してください》

とのつれない返事だった。

「しょうがないな」

雄吾は通勤に持ち歩いているバッグを地面に置くや、ガードレールをひょいと乗り越えて向こう側に降り立った。

何をするのかと思いつつ見守っていると、用水路を跨ぎ、腰を屈め、両手をカメに向かって伸ばし始める。

「もしかして、自分で捕まえるつもり？」

「ああ」

「そんなことして大丈夫？　法律違反にならないの？」

たしか、カミツキガメを見つけても勝手に捕まえてはいけない、とニュース番組で聴いた気がする。

「なるよ。だけど、こうして見つけた以上は放っておけないだろ。明日まで待っていたら、このカメ、用水路のどっか別の場所へ姿をくらましちまうかもしれないし」

「どっかへ姿をくらましても、しょうがないでしょ」

「いや、駄目だ。子供が噛まれたらどうする」

雄吾の言い分には一理あった。近所に小学校があるため、この田圃の周囲では児童の姿をよく見かける。学校帰りに用水路沿いの畦道をぶらぶら歩いている子も少なくない。

「じゃあ、せめて網でも使ったら？」

雄吾は以前、釣りを趣味にしていた。家には丈夫なタモ網があったはずだ。

「タモ網ならトランクルームの方に預けちまったよ。家にはない」

自宅の庭に物置があるが、それに入り切らない分の所有物は、家から少し離れた場所のレンタル倉庫に放り込んである。普段は雄吾だけが利用し、わたしは近づかない場所だ。

「そもそも網なんて使っても無駄だよ。どう考えても手を使った方が早い」

なるほど、タモ網で捕まえるにはこのカメは大きすぎて、かえって手間取りそうだ。

雄吾はもう一段腰を低くすると、カメの背後から甲羅に指をかけ、持ち上げようとした。ところが、すぐに手を離して姿勢を戻してしまった。

「ヌルヌルして一人じゃ無理だ。潤子、片方を持ってくれ」

「ええ。やだよ」

こんな怪物のような爬虫類（はちゅうるい）に触るのは、さすがに気が進まない。

「大丈夫だ。できるだけ尻尾（しっぽ）の方を持てば、嚙みつかれたりはしないから」

「でも……」

「きみだって警察の一員だろ。子供たちの安全がかかってるんだぞ」

そう言われては、じっとしているわけにはいかなかった。

わたしもガードレールを乗り越え、服の袖を捲（まく）った。雄吾と呼吸を合わせて身を屈め、おそるおそる甲羅の縁（へり）に手をかける。

そうして左右から持ち上げ、カメを用水路から出した。

雄吾が言ったとおり、かなりの重量がある。十キロ入りの米袋二つを二人がかりで持てば、ちょうどこのぐらいの重さに感じるかもしれない。

それまでじっとしていたカメだが、ここで一度、尻尾をぶるんと左右に振ったため、わたしは短く悲鳴を上げてしまった。

こんなふうに、往来で大きな声を出してやりあっているのだから、付近の民家から誰かが出てくるかとも思った。しかし、この時間帯だと留守にしている世帯が多いらしく、顔を覗かせた者はいなかった。

二人でカメを家の敷地内に運んだ。

雄吾が一人で甲羅を押さえつけているあいだ、わたしは庭の物置を開け、そこから盥を引っ張り出してきた。アルマイト製で、直径は六十センチぐらい、深さは二十センチほどある。

それを玄関の横に置き、カメにはとりあえずその中に入ってもらうことにした。

試しに、風呂場にあった体重計を玄関まで持ってきてカメを載せてみたところ、十八キロもあった。

スマホを使い、ネットでこのカメについて検索してみる。

【特定外来生物のカミツキガメは水棲で、雑食性です。魚やカエル、ヘビなどを捕食するほか、水底にある動物の死骸も好んで食べます。顎の力が桁外れに強く、一度何かに嚙みついたら最後、なかなか放そうとしません】

最初にヒットしたサイトには、そんな記事が載っていた。

水棲というからには、体が水に漬かっている方がいいのだろう。そう考え、庭の水道からホースを使って盥の中に水を入れてやったところ、案の定、カメも安心したように目を細めた。逃げられないように、物置にあった板切れを二枚使って盥の上に蓋をする。その上に、束ねておいた新聞紙を重石代わりに載せてから、ようやく二人で家に入った。

雄吾が洗濯機を回したり風呂の準備をしているあいだ、わたしは夕食を作り始めた。今日はカレーにする。

そろそろできあがるというころになると、雄吾が鍋に近寄ってきて、スプーンで一匙すくい取り、味見をした。

「もっと甘くしてほしいな。あと、トロみも少し強くしてくれないか」

雄吾はカレーにうるさい。鍋から漂ってくる匂いを嗅ぎつけると、自分で味や食感のチェックをしないと気が済まないのだ。

好物を腹に入れて満足したか、夕食後は雄吾も気持ちが落ち着いたようだったので、わたしは思い切って切り出してみた。

「最近、なにか嫌なことがあったみたいね。よかったら話してみて」

雄吾は深い溜め息を一つついてから、

「……実はな」

と俯いたまま口を開いた。

「きみも知っているかもしれないけど、留置場に入ってきたやつらを見張っていると、よく連中の寝言を耳にするんだよ」

雄吾は留置管理課二年目の巡査長で、ゆくゆくは刑事を志望している。以前は警備課にいたが、犯罪者の扱いに慣れておこうと考え、自分から異動願いを出して留管（りゅうかん）へ移った。

「その寝言には、たまに重要な情報が含まれている。だから、それを聞き逃さずに書き留めておくのも、留置場の看守にとって重要な仕事の一つなんだ」

「うん、それで？」

「いまうちのハコに、殺人容疑で留置されている武部（たけべ）ってやつがいる」

その男のことはわたしも知っていた。金銭のトラブルから、勤務先の同僚を殺した疑いで逮捕され、送検されているはずだ。だが肝心の死体をどこに遺棄したのかについては頑（がん）として吐かず、取り調べは難航しているらしい。

被害者の名字は、長谷島（はせじま）だったと記憶している。

「一週間ぐらい前の晩、その武部がぽろりと寝言を口にした」

「へえ」

「それは、ある地名だった。死体の遺棄場所に違いないと思って、おれは刑事課にその地名を伝えた。ところがいつまで経ってもそこを捜索したという話を聞かない。おれの報告は、はなっから無視されちまったんだよ。ブタ箱の見張り番風情（ふぜい）に何が分かる、ってわけだ」

「そんな」

「あいつら、昔からおれたちを見下してるからな。被疑者を取調室に連れてくる便利屋ぐらいにしか思っていないのさ」

なるほど。この一週間、夫の機嫌が悪かったのは、刑事課の対応に日々不満を募らせてきたからか。それが分かって、わたしはとりあえずほっとした。

――その地名ってどこ？

ついでにそう訊こうとして、すんでのところで口を閉じた。公務員には守秘義務がある。職務上で知った秘密は、相手が妻であっても漏らすわけにはいかない。

その代わりといってはおかしいが、話題を変えてこう質問してみた。

「来年度はどうするの？　いまの部署に居続けるつもり？」

もう上半期も終わりの時期だ。そろそろ来年四月の新たな人事に向けて、「異動を願い出たい者は、希望先を書いて提出しろ」と上から言われているはずだった。

「考え中だよ」

そう答えてしばらく間を置いたあと、雄吾は、

「なあ、潤子」

ようやくわたしの方へ顔を向けてきた。

「どうしたの？　改まって」

「もしもな、おれが『出世をあきらめて、のんびり釣りでもして過ごしたくなった』なんて言い出したら、きみはどうする？」

「いいよ、反対はしない」

わたしはそう応じたが、本心では嫌だった。

夫には、できることなら留置管理課からほかに移ってほしい。本音を言うと、わたしは彼に刑事畑など歩んでほしくない。

国立のそれなりに名前のある大学を出ている雄吾は、警務か総務のような署の中枢部にいる方がふさわしいし、その方が本人には向いている。

そういうわたしも、来年三月で雇用期間が切れることになっていた。蓄えはあるので、退職して専業主婦になるつもりだった。そろそろ子供も欲しいし……。

そんなことを考えながら、寝る前にカミツキガメの様子をもう一度確認しておこうと、わたしは玄関へと向かった。

ドアを開け、盥の方へ顔を向けて驚いた。

蓋として載せておいた二枚の板切れ。それが両方ともいつの間にか八の字を描くように斜めになっていて、三十センチほどの隙間ができていたからだ。

慌ててサンダルを履き、盥のそばまで行った。

板を取り去って盥の中を覗いてみると、案の定、カミツキガメの姿は消えていた。

2

広報課の自席で昼の弁当を食べながら、わたしは窓に目を向けた。

外では小雪がちらついている。

三月十日――。今日は内々示の出る日だ。広報課内でも、来年度に異動が予想される人たちは、今度はどこへ配属されるのかと、みんなそわそわしていた。

この時期になると、どうしても警察官だった父の姿を思い出す。

わたしがまだ小学生で、三年生から四年生に上がろうというころだ。

その晩、仕事を終えて帰宅した父の顔は暗かった。

夕食の席で、彼はわたしに言った。

――転校してみたくないか。

いきなりどうしてそんなことを言うのだろう。娘をからかうつもりなのか。何にしても、そのとき通っていた小学校には仲のいい友人がたくさんいたから、転校なんてしたいはずがなかった。

――でも、しなきゃいけないんだ。ごめんな。

父の口調は真剣だったので、からかっているのではないと分かった。

どうしてなの、とわたしは半分泣きながら父に訊ねた。

――四月から滝場（たきば）駐在所という場所で勤務することになったんだ。駐在所で仕事をする警察官は、家族と一緒に移り住まなければならないんだよ。駐在所のある滝場という地区は、ここから何キロも離れた山の中にあるから、潤子はいままでの学校に、どうしても通えなくなってしまうんだ……。

そのときは、駐在所とはどういう場所なのか、まだよく理解できなかった。ただ、それが大事な友達をわたしから引き離す憎たらしい存在だということだけは、はっきりと認識できた。

引っ越してみると、滝場地区は予想以上の僻地だった。葉書一つ投函するにも、ポストのある場所まで二キロも歩く必要があったほどだ。

駐在所のすぐ近くには滝場沼という小さな沼があった。楽しい思い出といえば、夏にそこで泳いだことぐらいだ。

後年知ったことだが、滝場駐在所は、ここ何年も異動希望者がゼロという、嫌われ度の高さでは房間警察署の管轄区域内でも屈指の勤務先だった。そんなところへ飛ばされたのだから、父はよっぽど仕事ができなかったのだろう。あるいは何かミスをして懲罰的に左遷されたのかもしれなかった……。

昼の休憩時間が終わって午後一時になった。

わたしは、広報課のほとんどの職員たちと一緒に、署の五階にある道場へ向かった。

道場には、県警の警察犬訓練所から来た女性の訓練士と、ジャーマンシェパードが一頭待っていた。

見たところ訓練士は三十歳ぐらいで、わたしと同じ年頃だった。

シェパードの方は、顔に黒いマスクを被っていた。目隠しをされているのだ。

「では、リハーサルを始めたいと思います」

そう切り出した訓練士は、布切れを一枚手にしていた。そして同性で同年配の気安さからか、わたしの前まで歩み寄ってきて、何らかの臭いがついているらしいその布を差し出してきた。

「すみませんが、これを後ろ手に持っていてもらえますか」

言われたとおりにし、わたしは広報課の職員たちと横一列に並んだ。

訓練士がジャーマンシェパードの顔から目隠しを取り去ると、警察犬は一直線にわたしの前へやってきた。

いまから一時間後に、この道場で、警察犬を近所の幼稚園児たちに見せるというささやかなイベントが予定されている。そこで本番前の予行演習として、イベントの関係部署である広報課の職員がこうして駆り出された、というわけだった。

犬の嗅覚がいかに鋭いかを目の当たりにして、わたしは半年前の出来事をふいに思い出した。

自宅そばの用水路で、夫と一緒にカミツキガメを見つけた日のことだ。

目を離した隙に盥からカメの姿が消えていたため、かなり焦った。とはいえ相手は図体が大きいこともあり、捜し出すのに手間はかからなかった。

庭に置いた物置はコンクリートブロックの上に載っていて、床と地面との間に隙間があった。

カミツキガメはそこに入り込んでいた。

カメを盥に戻したあとでその隙間を調べてみたら、干からびた鼠（ねずみ）の死骸が一つ出てきた。あんなものが転がっていたとは、それまでまったく気がつかなかった。

リハーサルの合間に、わたしは訓練士に訊いてみた。

「こういうお仕事をなさっていると、生き物の嗅覚についていろいろ学ばれる機会も多いんでしょうね」

「はい。少しは勉強しています」

「嗅覚の鋭い動物といえば、犬のほかにどんな生き物がいますか」

「象や牛、馬もすごく鼻がいいようです。生き物全般で言うなら、昆虫なんかもそうですね」

「爬虫類はどうでしょう」

妙な質問をする人だな、というように訓練士はわずかに眉を寄せたが、

「爬虫類だと、特にカメの嗅覚が鋭い、という話をよく耳にしますよ」

そう丁寧に答えてくれた。

たぶん、あのカミツキガメが盥から脱走したのは、鼠のミイラが放つわずかな異臭を敏感に嗅ぎつけたからだろう。

捕獲した翌日、雄吾は「カメを置いてくる」と言い、盥ごと車に乗せて家を出ていった。

これは後から確かめたことだが、思ったとおり、カミツキガメのような特定外来生物は、法律によって原則的に飼育も、保管も、運搬も禁止されていた。だから見つけた場合は、不用意に捕まえたりせず、市役所の担当者が来るのを待たないといけなかったのだ。

雄吾にははっきり訊かなかったが、たぶん彼は環境生活課で油を絞られてきたのではないかと思う……。

リハーサルは滞り(とどこお)なく終わった。

仕事が溜まっていたので、わたしはいち早く道場を出た。

階段を小走りに下りている途中でふと気になった。雄吾に異動の内々示は出たのだろうか……。

広報課に戻ると、室内は無人だった。留守番として課長と次長は残っていたはずだが、いまは二人とも席を外している。

この隙に、わたしは自席から一番近い受話器を取り上げた。留置管理課に内線電話をかけ、雄吾を呼び出してもらう。

「どうだった?」

《何が》

「異動だよ。内々示。出たの?」

《その話か。ああ、動くことになった》

「今度はどこに?」

警務課か総務課。どちらかの答えを期待しながら勢い込んで訊ねたところ、夫はまるで変わらない口調で答えた。

《駐在所だよ。——滝場駐在所だ》

3

耳元で低い羽音がして、わたしはカレーを作る手を止めた。ゴールデンウィークが終わったとたん、蚊の数が急に増えたような気がする。

まったく、これだから沼の近くになど住むのは嫌なのだ。

台所では殺虫剤が使えない。蚊取り線香の臭いは体質的に苦手だ。だからシンクや食卓の周辺にこうしてハーブの鉢をあれこれ並べているが、あまり虫除けの効果はなかった。

手で潰すのも嫌だから、なるべく刺されないようにするには、ひたすら耳を澄まし、常に羽音に対して警戒を怠らないようにしなければならない。

そのとき、台所のドアが開いて、雄吾が顔を覗かせた。

「出掛けてくる」

麦わら帽子を被って大型のクーラーボックスを肩に担いでいるところを見ると、今日も釣りに行くようだ。

「まあ、あなたの休日だから何をしても自由だけど、魚だけじゃなくて若い人も釣らないといけないんじゃないの？」

こんな山間部の駐在所員にも、警察官募集のノルマはある。そしてこんな田舎にも若者は少しだけいる。雄吾には彼らのうち体力のありそうな者に声をかけ、警察の採用試験を受けるようにすすめる仕事も課せられていた。

「そっちの方の釣果はあったの？」

「いいや、ゼロだ」

「じゃあ、看板はできた？」

夏が近づいているため、水難事故の起こりそうな場所に「危ない」の札を立てて歩く仕事もあった。予算がないため、房間署の地域課からは業者に頼まず駐在員が自作するようにと命じられている。

「そっちもまだだ。明日やるよ」

交通事故の処理、住民同士のもめごと仲裁、遺失届や拾得届の受理、地区や小学校の行事へのお呼ばれ。やるべきことは、けっこうあった。

だというのに……。

駐在所に赴任した直後から釣り熱が再燃したらしく、雄吾は、休みのときはいつも滝場沼にゴムボートで繰り出していた。仕事そっちのけで趣味に熱中しているのだ。わたしの目には、そう見えてならない。

「じゃ、行ってくる」

雄吾は玄関の方へ体を向けた。

「ちょっと待って」

呼び止めて、わたしは雄吾に近づいた。

夫の体からは、強くメンソールの匂いがした。見ると、首筋が一か所、蚊に刺されて赤くなっている。そこに軟膏を塗ったらしい。

「あなた、何か忘れていることない？」

「さあ」

「ライフジャケットだよ。つけてないと危ないじゃないの」

腹立ちまぎれにきつい声でそう注意した。こんな僻地に異動となった雄吾のふがいなさを、わたしはまだ許す気になれないでいる。

「ああいう小さなゴムボートは、転覆しやすいし、揺れやすいし、浸水だって受けやすいでしょ」

雄吾はかなりの筋肉質だ。つまり体が水に浮きにくい。だから泳ぎは下手もいいところだった。万が一落水したら、きっと大きな事故になる。

夫の釣り歴は長いが、行く場所は流れの緩(ゆる)やかな川ばかりだった。そういう場所ではライフジャケットの必要はなかった。だが、いま夢中になっているのは沼でのボート釣りなのだ。救命胴衣は絶対に欠かせないはずだ。

「分かったよ。次の休みのとき、店に行って買ってくるから」

そのとき雄吾の担いでいるクーラーボックスが、中に瓶ビールでも入っているのか、ゴトッとやけに重い音を立てた。

「悠長(ゆうちょう)なこと言ってないで、さっさとネットで注文すればいいじゃないの」

「ああいうのはな、事前に自分で実際に着てみて、サイズを確認してから買わないと駄目なんだって」

「しかたないわね」

そもそも、あんな小さな沼で釣りなんかして、どこが楽しいのか。地元の人の話では、鯉(こい)やブラックバスなどはおらず、フナやタナゴなどのごく小さな魚しか棲んでいない、というではないか。

「それにね、今日のお昼ご飯はあれだよ」

わたしはコンロの方を振り返り、カレーの鍋を指差した。

「味も食感も、こっちにおまかせでいいわけ？」

言われて初めて、雄吾はようやく好物の存在に気づいたらしく、

「いや、駄目だ。おれがチェックする」

ガスコンロの前へ近づくと、鍋からスプーンでカレーをすくい、ひと舐めした。

「もうちょっとガラムマサラを足しておいてくれ。正午までには戻ってくる。事務室の留守番も頼むぞ。おれが不在のときは、きみが滝場地区の駐在員だからな」

そう言い置いて夫は出ていった。

わたしは自分でもカレーの味見をしてみた。とたんに、鼻の下あたりに薄く汗が滲むのを感じた。ガラムマサラは辛みを強くするためのスパイスだ。これ以上必要だとはとうてい思えない。

雄吾は甘口に飽きたのだろうか。何はともあれ、夫の注文など無視し、カレーはこのままの味で出すことにした。

昼食の準備を終えると、わたしは事務室に行った。

約二十年ぶりに訪れた滝場地区の様子は、記憶にあるそれとほとんど変わっていなかった。

昔と大きく違うのは、いまのわたしはのんびりしていられない、ということだ。

夫が不在だったり休みを取ったりしている場合、住民への対応は妻の仕事になる。そのための講習会もあって、先月、房間署まで出向き、丸一日かけて受けてきた。

今日は電話番のほかに、雄吾から任せられている仕事があった。交番新聞という名のミニ広報紙、「滝場駐在所だより」を作ることだ。事務室内にある参考書を見ながら、防犯のワンポイントアドバイスを考えて書いてくれ、というのが雄吾の指示だった。

優れた交番新聞は本部から表彰される。ささやかな名誉が欲しければ、手を抜くわけにはいかない。

房間署の広報課で臨時職員をしていたときにやったのは、事務の補助、資料の整理、データ入力といった、誰がやっても同じ結果が出る業務ばかりだった。だから独創性を求められる仕事ができるのはちょっと嬉しい。しかし、それをうまくこなせるかとなると話は別だ。

慣れていないため、ほんの数行の文章を書くのに一時間近くもかかってしまった。

ようやく記事を書き上げ、大きく伸びをしながら窓に顔を向けた。

滝場沼の水面に、雄吾の黄色いゴムボートが小さく見えている。ここからの距離は百メートルほどか。

彼が釣りに出て、わたしが駐在所の留守番をしているときは、こうして窓から夫の様子をちょくちょく眺めるのが常だった。

雄吾は毎回、釣りのポイントを少しずつ変えているようだ。今日ボートを停めている地点は、沼のほぼ中央だ。

滝場沼は、周囲が約三百メートルしかないミニサイズの湿地だ。深さも平均して四、五メートル程度らしい。ただ、底には厚く泥が溜まっているそうだ。

雄吾はいま、こちらに背中を向け、両手を交互に動かしている。

わりと高価な竿（さお）とリールを持っているはずだが、この駐在所に赴任して以来、沼ではそれらを使うことなく、いつも手釣りをしているようだった。

と、次の瞬間、雄吾はあたかも何かから逃げようとするかのように、いきなり体を後ろにのけ反（ぞ）らせた。

そのせいでゴムボートが大きく揺れ、バランスを崩した彼の体は船縁（ふなべり）から転げ落ちるようにして水中に没した。

一連の出来事はあっという間で、わたしには椅子から腰を浮かせる暇もなかった。

4

市街地の病院に雄吾を見舞ったあと、わたしは駐在所に戻った。

事務室のドアを開けたところ、見慣れない初老の女が、いつも雄吾が使っている事務机についていた。

暇をもてあましている高齢者のなかには、話し相手を求めてぶらりと駐在所へやってくる者もいる。そんな輩に押しかけられた日には面倒なことになる。むげに追い返すわけにもいかないため、茶の一杯ぐらいは出してやったあと、仕事の手に加えて口も動かさなければならないのだから厄介だ。

それにしても……。

近隣住民の顔はだいたい覚えたと思っていたが、この女は初めて見る顔だった。

「失礼ですが、どちらさまですか」

わたしが訊くと、六十代半ばと見えるその女性は一礼して答えた。

「百目鬼巴と申します」

「ああ、あなたが」

一昨日、ゴムボートから落水した雄吾を見たわたしは、すぐ近隣の住民に助けを求めた。引き揚げられた夫は、水を大量に飲んで意識を失っていた。

病院に向かう救急車に同乗している間、彼がこのまま永久に目を覚まさないのではないかと不安でしょうがなかった。

もちろん、すぐに房間署の地域課に事故の報告をした。

折り返しの連絡があったのは、その日の夕方だった。

――《正式な交代要員が決まるまで、「ドウメキ」という女性の交番相談員を派遣します。明後日の昼に着任する予定です。それまでは、奥さんお一人での勤務をお願いします》

明るい屋外から、急に薄暗い事務室に入ったから気づかなかったが、目が慣れてきてようやく、百目鬼が女性警察官の制服を着ていることに気がついた。

わたしが向かい側の机につくと、

「いかがですか、ここでの生活は」

警察ＯＧは、そんな問いかけと一緒に茶を差し出してきた。まるで以前からこの駐在所にいたかのように、彼女は備品や什器の置き場所をよく把握しているようだった。

「思っていたより暇ではありません。前任者が言うには、『滝場駐在所の抱える事案は、月平均で、軽犯罪が約二件と交通事故が約四件』とのことでしたので、のんびりした毎日を想像していたんですけど、やることがけっこうあって、ちょっと驚いています」

「そうですか。駐在所でうまくやっていくには、地域に溶け込むことが最も肝心です。そのための具体的なコツをご存じでしょうか。交通違反の取り締まりを積極的にやらない。これに尽きますね。つまり住民の恨みを買わないことです」

「はあ」

この百目鬼という人物、駐在所の実態についても詳しいようだ。県警では、いったいどんな経歴を歩んできたのだろうか。

「先ほどまでは、雄吾さんのお見舞いで病院に行かれていたんですよね。容体はどうですか」

「命だけは無事のようですが、まだ意識が戻りません」

「それはお気の毒です」

「いいえ、全部本人のせいなんですよ。ライフジャケットを早く買うように言っておいたのに、ぐずぐずしているからこんな目に遭ってしまったんです」

「事故の前にどんなことがあったのか、よかったら教えてもらえますか」

わたしも心のどこかで話し相手を欲していたようだ。雄吾との出会いまで遡り、二人が歩んできた生活について、あれこれと百目鬼に語っていた。話し始めると口が止まらなくなり、実に細々としたことまで喋ってしまっていた。

長い話を終えると、百目鬼は冷えた茶を一口啜ってから言った。「いまのお話に関して、少し質問してもいいですか」

「はあ、どうぞ」

「竿とリールをお持ちなのに、どうして雄吾さんは手釣りという面倒な方法で魚を釣ろうと思ったんでしょう？」

「高い道具でせかせか釣るのではなしに、魚の手応えを一匹ずつ、じっくりと感じたかったんだと思います」

総じてこういう田舎は、人をスローな気分にさせるものだ。

「なるほど。では、もう一つお訊きします。落水したとき雄吾さんの体が後ろにのけ反ったとおっしゃいましたね。何かから逃げるような動きだった、と。いったい彼は何から逃げようとしたとお考えですか」

「それはやっぱり、釣り上げた魚から、でしょうね。わたしの目にはそう見えました」

「どんな魚を釣ったと思います？」

「のけ反るほどびっくりしたわけですから、例えば予想以上に大きな魚だったんじゃないでしょうか」

「滝場沼には、そういう大物がいるんですか」

わたしは首を軽く横に振った。

「長年ここに住んでいる人たちは『小さな魚しかいない』と言っています。ですが、彼らもまだ知らないお化けみたいな怪魚がいる可能性は、誰にも否定できないはずです」

「たしかにそうですね」

ここで百目鬼の目が鋭く光ったような気がした。

「もう一つ気になったことがあります。事故のあった日、潤子さんが作っていた昼食についてですが、あなたに言われるまで、それがカレーであることに雄吾さんが気づかなかったのはなぜでしょう」

この百目鬼とかいうおばさん、ずいぶん妙な点に注意を向けるものだな、とわたしは訝った。

そんなつまらないことを気にして、どうしようというのか。

「あのとき夫は、蚊に刺されたらしく、痒み止めとしてメンソールの軟膏を首筋に塗っていました。その匂いが鼻を邪魔して気づかなかっただけですよ」

なるほど、というように百目鬼は二、三度深く頷いた。

そのとき、開けっ放しにしてある事務室の入口に人の気配があった。

「駐在さん、すみません」

入口からそう声を掛けてきたのは、この建物のそばに住んでいる農家の男性だった。

「ちょっとこっちへ来てもらえませんか」

言うなり、男性は沼の方へと去っていく。

わたしは百目鬼と一緒に彼の背中を追った。

沼のほとりには六、七人ほどの住民が集まっていて、ちょっとした人垣ができていた。

彼らはまだ百目鬼の顔を知らないはずだが、警察官の制服姿であることから、雄吾の代わりに赴任した駐在員だとすぐに理解したようだった。

わたしたちが近づいていくと、その人垣がざっと割れた。

そうして現れた地面を見やったところ、そこにはくすんだ色をした物体がでんと鎮座していた。

一見すると岩石のようだが、そうではなく生き物だ。見覚えのある形状をしているそれは、カミツキガメに違いなかった。

周囲を威嚇(いかく)しているつもりか、太い四肢を踏ん張るようにして立ち上がり、首を上に向け、口をぱっくりと開けている。

目測したところ、甲羅の長径は三十センチを超えていた。昨年の秋に自宅そばの水路で捕まえた個体と、ほぼ同じ大きさと言っていいだろう。

その甲羅には長い荒縄(あらなわ)がしっかりと結びつけられていた。言い方を換えれば、十メートルほどもありそうな荒縄の端っこに、カメの甲羅が結わえつけてあるのだった。

「水辺でじっとしているのを見つけたんですよ」先ほど通報に来た男性が言った。「まさかこんなやつが沼にいたなんて、思いもしませんでした」

ほかの住民たちも皆、驚きを隠せない様子だ。百目鬼も目を丸くしていた。

「捕まえておくなら、どうぞこれを使ってください」

準備のいいことに、住民の一人が桶（おけ）を用意していてくれた。水張り桶というのか、把手（とって）のついた木製の桶で、底が適度に深い。盥と違って、周囲の壁がこれだけ高いのなら、いくらカメが大きくても逃げられる心配はなさそうだ。

「ありがとうございます」

百目鬼を差し置き、礼を言ったのはわたしだった。

――おれが不在のときは、きみが滝場地区の駐在員だからな。

夫の言葉を思い出し、つい気負ってしまったようだ。

もっとも、県警のベテランOGとはいえ、百目鬼は先ほど着任したばかりなのだ。客観的に判断しても、ここはわたしが主導権を握ってもいい場面だろう。

そう思って、カメの横に回り込みながら百目鬼に言った。

「カミツキガメを捕まえるときは、尻尾を摑んでぶら下げるようにして持つのが最も安全だそうです。でも、このカメの大きさだとそのやり方では重すぎて無理ですから、甲羅を持つしかありません。ちょっと手伝ってもらえますか」

百目鬼の手を借り、噛まれないように甲羅の尻尾寄りの部分を両脇から二人で持ち、木桶の中にそっと入れる。

それを駐在所に持ち帰ろうとして、ちょっと待てよと思った。

「外来生物法という決まりがあって、カミツキガメを見つけた場合、その場所から許可なく移動させただけでも違反になるらしいんです。どうしましょうか」

そのように相談を持ちかけると、百目鬼はにやっと頬を吊り上げた。

「そのとおりですけど、別にかまいませんよ。駐在所へ持ち帰りましょう。そこで見つけたことにすればいいだけですから」

百目鬼巴――名前こそやたら厳めしいものの、性格はだいぶ大らかなようだ。付き合うのはほんの短い期間に過ぎないのだろうが、この人となら上手くやっていけそうな気がした。

木桶を駐在所に運んでから、わたしが市役所の環境生活課に電話したところ、

《ほかにも案件が立て込んでいるため、そちらへ行くまで時間がかかります。カメが逃げないように、頑丈な箱を被せるなどしておいてください》

との返事だった。

事務室の隅に置いた木桶に目をやり、わたしは百目鬼に訊いてみた。

「このカメ、市役所に引き取られた後はどうなるんでしょう？」

考えてみると、そこまで調べたことはまだなかった。

「たしか」百目鬼は顎に指を当てた。「業務用の冷凍庫に数日間入れられて、凍死したら埋め立てゴミとして処分されるはずです」

「本当ですか。いくらなんでも可哀そうですね」

「まったくです。無駄に死なせるぐらいなら、料理して食べてしまう方がずっとましですよ。スッポンなんかと同じで、カミツキガメはすごく美味しいそうですから」

百目鬼の言葉に笑っていいものかどうか分からず、わたしは曖昧に頷きながらまた木桶に近づいて中を覗き込んでみた。

桶の底は狭い。対して荒縄はかなり長いため、カミツキガメは縄の底に埋まった形になっている。

「甲羅に縄が結ばれていますけど、これは犬につけた首輪やリードと同じで、誰かが密かにこのカメをペットとして飼っていた、と解釈していいんでしょうか」

「たぶん、そういうことだと思います」

だとしたら当面、百目鬼がするべき仕事は、その誰かを捜し出して外来生物法違反の容疑で捕まえる、ということになりそうだ。

「でも潤子さん、わたしはさっき驚きました」

「何にです?」

「あなたにですよ。カメの扱いがずいぶん手馴れていましたので。普通の人だったら怖くて逃げる場面でしたよね」

「まあ、触るのは初めてではありませんでしたので」

そう前置きをしてから、去年の秋にもカミツキガメを見つけたことがあるのだと教えてやった。百目鬼に対しては、先ほど長々と身の上話を打ち明けたが、カメの一件についてはまだ触れていなかった。

「そうでしたか。とんだ偶然があったものですね。約八か月の間に、カミツキガメに二度も出会うなんて」

言われてみればたしかに、新聞のベタ記事になってもいいくらいの珍事ではありそうだ。

この駐在所兼住宅には、まだ使っていない部屋があった。百目鬼はそこで寝起きすることになった。

二人で夕食を終えたあと、わたしは房間署にいる知り合いにこっそり電話してみた。

「百目鬼巴さんて人、知ってる？」

《もちろん。彼女はね――》

今度はわたしが驚く番だった。その知り合いが言うには、百目鬼はかなり推理の能力に長けた逸材で、本部の刑事部長ですら頭の上がらない存在、とのことだった。

それほどの人物なら、房間署の事情にも通じているのではないか。そう思って、翌朝、わたしは百目鬼に訊いてみた。

「いったい夫は、どんなミスをやらかしたんでしょうか」

「ミス？　それはどういう意味ですか」

「仕事上の失敗のことです。だって、何か大きなヘマをしないかぎり、こんな駐在所に飛ばされるなんてことはありませんよね」

「ちょっと待ってください。潤子さんはご存じなかったんですか」

「何をです？」

「雄吾さんは、ご自分からこの駐在所へ異動を希望したんですよ。わたしはそのように房間署の人事担当者から聞いていますが」

口を半開きにしたまま、わたしは言葉を失った。

――「出世をあきらめて、のんびり釣りでもして過ごしたくなった」

いつか雄吾が冗談めかして口にしたあの言葉は、本心だったのか。

それならそうと、事前に妻にひとこと相談してくれてもよかったろうに……。

これまでの心労が祟(たた)ったせいか、ひどく眩暈(めまい)がして、わたしの意識は急に遠くなった。

5

駐在所の二階で目が覚めた。壁に掛かった時計の針は午前十時を指している。

昨日は、朝に倒れてから一日中起き上がることができなかった。

いま横になったまま耳を澄ましてみると、外の様子がどうも騒がしい。沼のある方角で、わいわいと大勢の声がするのだ。

窓から外を見ようと思ったが、体が重すぎて無理だった。

しばらくすると、百目鬼が階段を上ってやってきた。

「起きられそうですか」

「いいえ」

「ではもっと休んでいてください。食事の準備もわたしがやりますから心配は要りません」

「助かります。――あの、外で何かやっているんですか？」

「ええ。何をやっているかは、いずれお知らせします」

「あのカミツキガメはどうなりましたか」

「それが、市役所は昨日も引き取りに来なかったんです」百目鬼は苦笑いをした。「さっき電話があって、《明日の夕方には行けそうです》なんて言ってきましたけど。ですから、まだ事務室で木桶に入っています。お腹を空かせているみたいだったので、さっき冷蔵庫にあったソーセージを食べさせました」

百目鬼がいなくなってしばらくしたころ、どこからか、猛烈な悪臭が漂ってきた。

吐き気を催すほどだったが、時間が経つうちに、その嫌な臭いは自然と消えてくれた。

やっと体を起こすことができたのは、次の日の朝になってからだった。

二階に上がってきた制服姿の百目鬼が、わたしの首筋に目を近づけながら言った。

「潤子さんも蚊に刺されているみたいですよ。よかったら、わたしが痒み止めを塗ってあげましょうか」

「すみません。お願いします」

鎖骨のちょっと上あたりに、百目鬼が軟膏をつけてくれた。メンソールの匂いが鼻をつく。

「昨日はほとんど何も食べていませんから、きっとお腹が空いているでしょうね」

「はい」

「では朝食にしましょうか」

どうにか立ち上がって二階の寝室から出ると、台所の方からカレーのいい匂いが漂ってきた。

百目鬼の作ったチキンカレーの味に申し分はなかった。

わたしが食べ終えると同時に、百目鬼もスプーンを置き、

「潤子さん」

テーブルの向かい側からそう呼びかけてきた。

「先ほどあなたが起きて部屋から出たとき、わたしが台所でどんな朝食を作ったか分かりましたか」

「ええ。カレーだって、すぐに匂いでピンときました」

「メンソールの軟膏を塗っていたのに、それでも分かったんですか」

そう指摘されて、わたしはハッとした。

百目鬼はコップの水を一口飲んでから続けた。「首筋に軟膏をつけた程度なら、カレーの匂いを嗅ぎつけることは可能なんです」

「では、どうして夫はあのときそれが分からなかったんでしょうか」

「首筋のほかに、別の部分にも塗っていたからだと思います。たっぷりと」

「別の部分……て、どこですか？」

「ここですよ」

そう言って百目鬼が指差したのは、自分の鼻の穴だった。

わたしは彼女の顔をじっと見据えた。目は笑っていない。反対に、眼差しには真剣味が宿っている。冗談を言ってわたしを担ごうとしているわけではなさそうだ。

「雄吾さんは、ただでさえ十分辛いカレーにガラムマサラを足すように言ったそうですね。鼻が利かなくなっていたのなら、そういう奇妙な要求も頷けます。嗅覚が満足に機能していなければ、味覚もおかしくなりますから」

「ですけど……どうしてそんな馬鹿げた真似をしなくちゃいけないんですか」

「もちろん嫌な臭いをかがないようにするためです。司法解剖のとき、法医学者が鼻の下にメンソールの軟膏を塗るのを見たことがありませんか。雄吾さんは、それと同じことをしていたんです」

「だから、それはどうしてなんですか。夫は死体の解剖なんかではなく、ただ釣りをしようとしていただけなんですよ」

わたしの言葉には取り合わず、百目鬼は立ち上がって窓の外へ目をやった。

「いい天気ですね。お日様がもったいないから、外で気分転換でもしませんか」

そう言うなり、台所から出ていく。

わたしも彼女の背中を追った。

【御用のある方は次の番号まで電話してください。＊＊＊－＊＊＊＊－＊＊＊＊】

百目鬼個人の携帯電話番号を書いたプレートを駐在所のカウンターに置くと、彼女は今日の朝刊を小脇に挟んだ。そしてカミツキガメの入った木桶の把手に片手をかけて言った。

「この子にも運動をさせてやりましょう」

カメも外に連れ出すつもりでいるらしい。百目鬼の考えはよく分からないが、とりあえずわたしも木桶の把手を持ち、二人で協力してそれを事務室から外に出した。

「こっちです」

百目鬼が向かった先は沼のほとりだった。そこに繋留（けいりゅう）してあるゴムボートに乗り込む。

わたしもあたふたと同乗した。

ボート内には二人分のライフジャケットもあった。百目鬼が昨日までに購入し、今朝のうちにボートに積み込んでおいたものらしい。

互いにそれを着用し終えると、百目鬼がオールを器用に操ってボートを前進させ始めた。二人用ではあるが、重いカミツキガメ入りの木桶まで積んでいるため、正直なところ沈みはしないかと不安でならない。

百目鬼がボートを停めたのは、沼の中央部に来たときだった。ちょうど雄吾が落水した箇所だ。

百目鬼は、オールから離した手を胸の前でぴたりと合わせ、目を閉じた。それはどこからどう見ても合掌（がっしょう）のポーズにほかならなかった。

わたしは胸がざわつくのを感じた。重症とはいえ、雄吾はまだ病院のベッドの上で生きているのだ。縁起でもない真似はやめてほしい。

「潤子さん」合掌したまま、百目鬼は目を開き、顔をわたしの方へ向けてきた。「昨日の午前中、沼の方が騒がしかったのを覚えていますよね」

「……はい」

「それに、悪臭も漂ってきたのではありませんか」

「そのとおりです。かなり強烈な臭いでした」

「あれは、県警と房間署がここで沼の底を浚(さら)っていたからです」

「ということは、何かを引き揚げたんですね」

「ええ」

「何をですか?」

「遺体です。麻袋に包まれていて、かなり腐乱していました。悪臭はその遺体が放っていたものです」

そう言って合掌から直ると、百目鬼は持参した朝刊を広げてみせた。

たしかに社会面には【県警と房間署が滝場沼から遺体を引き揚げ】との見出しが大きく出ている。

してみると、いまの合掌は、雄吾ではなくその遺体に対してのものだったわけか。

「でも、いったい誰の遺体だったんですか」

新聞の記事には、その身元までは書かれていない。

「まだ司法解剖の結果が出ていませんので未確定ですが、ほぼ間違いなく長谷島さんという人のです」

長谷島……。その名前にはぼんやりと聞き覚えがあった。そう、たしか金銭トラブルから武部なる男に殺された被害者だ。

「でしたら、被疑者の武部がやっと遺棄場所を自白したんですね。滝場沼の中心部に捨てた、と」

「いいえ」

「ではどうやって県警は、長谷島さんの遺体がこの箇所に沈められていたことを知ったんですか」

「わたしが知らせたからです」

百目鬼には本部の刑事部長ですら頭が上がらないらしい。だから彼女の進言で県警や房間署が動いたというのは本当なのだろう。だが——。

「どうして百目鬼さんには、それが分かったんですか」

「この沼のこの地点で、雄吾さんが溺(おぼ)れたからです」

わたしは口をつぐんだ。百目鬼の言葉には飛躍があって、ちょっとついていけない。加えてこっちは病み上がりの状態だ。話していると頭が混乱するばかりだ。

するると百目鬼は木桶からカミツキガメを重そうに取り出した。長い荒縄はいまも甲羅に結ばれたままだ。

「いいですか、潤子さん。もう一度よく考えてみてください。昨秋にカミツキガメを見つけて、先日にもまた見つけたというのは、偶然にしては出来すぎていると思いませんか」

「でも、実際にそれが起こったんですから、しょうがないでしょう」

「もし偶然ではなかったとしたら？」

「……それはどういう意味ですか」

「では言い換えましょう。このカミツキガメが、昨秋あなたたちが見つけたカミツキガメと同一の個体だったとしたら？」

「ですからそれは、どういうことなんですか」

「ではさらに言い換えましょう。昨秋見つけたカミツキガメを、雄吾さんは市役所に届けず、どこかでこっそり飼っていたとしたら？　そして甲羅に荒縄を結びつけて、この沼に持ち込んでいたとしたら？」

わたしは固まったまま百目鬼の顔だけをじっと見据え、自分の口から次の言葉が出てくるのを待った。

「……何の、ために」

「もちろん、こうするために」

百目鬼はゴムボートの縁に向かって上半身を傾け、持っていたカミツキガメをそっと水中に入れた。

そうしてしばらく泳がせたあと、今度は荒縄をゆっくりと手繰り寄せ始める。

「もうお分かりですよね」

「つまり、カミツキガメを手釣りの道具として使うために、ということですか。生きた釣り針として」

「正解です」

「でも、待ってください。カメに咥(くわ)えさせて魚を釣るなんて、あまりにもふざけています。魚を釣りたければ、そんな酔狂(すいきょう)な真似をしないで、普通にテグスやルアーを使えばいいでしょう」

「おっしゃるとおりですが、雄吾さんが釣りたかったのは魚ではありません」

「じゃあ何なんですか」

声を荒げて百目鬼に噛みついた直後、わたしはようやく気がついた。

そうか。

そういうことだったのか。

ことの始まりは武部という被疑者だ。昨年の秋、留置場にいたその男が、寝言で「ある場所」の名前を漏らしたという。

それは「滝場沼」ではなかったのか。

雄吾はそれを耳にし、そこが長谷島の死体が遺棄された場所だと確信したが、刑事課に伝えても一笑に付されただけで、まるで取り合ってもらえなかった。

そんな矢先にカミツキガメを見つけ、ほどなくして脳裏に一つの考えが浮かんだのだと思う。

――この生き物を使えば、沼の底から遺体を引き揚げられるかもしれない。

カミツキガメは水棲で、嗅覚が非常に優れている。鳥や動物の死骸を餌にする習性もある。ならば、水中にある人間の遺体にも、餌だと思って食らいつくのではないか。

顎の力も桁外れに強い。一度嚙みついたものを簡単に放しはしないから、甲羅に荒縄を結んで引っ張れば、人ひとりの死体ぐらいは釣り上げられるはずだ。

そこで、見つけたカメを市役所には持っていかず、こっそりトランクルームで飼育し続けた。そして滝場駐在所への異動願いを出し、暇を見つけてはクーラーボックスにそのカメを入れ、ゴムボートで沼に繰り出していた――。

「絵空事(えそらごと)のように聞こえますよね。でも外国の文献には、実際にカミツキガメを使って水中の遺体を捜し当てたという話が記録されているんです。もしかしたら雄吾さんは、それをご存じだったのかもしれません」

百目鬼は荒縄を手繰り寄せ、カミツキガメをボートの上に引き揚げた。どこで見つけてきたのか、カメは薄黒い水草を一本口に咥えていた。

「あの日、雄吾さんの放ったこのカメは、ついに水中で遺体の腐敗臭を嗅ぎつけ、それを包んだ麻袋に嚙みついたのでしょう」

「……そうして、夫は引き揚げに成功した」

「ええ。ですが、腐乱死体の放つ臭いというものは想像を絶しています。とてもメンソールの軟膏を鼻の穴に塗ったぐらいでは防ぐことはできません。だからたまらず」

百目鬼はゆっくりと上半身を後ろにのけ反らせてみせた。

「こうなってしまった」

つまり雄吾は、激烈な腐敗臭から逃げようとして落水した、ということだ。

「それが、このたび起きた事故の真相だと思います」

そう言って、百目鬼は大事そうにカミツキガメを木桶に戻した。

わたしはしばらく茫然（ぼうぜん）としていた。雄吾が刑事課にいくら頼んでも取り合ってもらえなかった沼の捜査。それが百目鬼の一報によってあっという間に実施され、成果が出た。いったいこの交番相談員は、県警内でどれだけの影響力を持っているのか。

「長谷島さんの遺体を見つけたあと、夫は……」

やっと口を開くことができたのは、何分か経ってからだった。

「夫は、そのカメをどうするつもりだったんでしょう」

「こっそり飼い続けるつもりだったと思います」

たぶんそうだろう。やり方こそ外来生物法に違反していたが、遺体の発見は、雄吾にしてみればそれを帳消しにして余りあるほどの大手柄だ。その成果に多大な貢献をした相棒を、用済みになったからといって殺処分に回してしまうなど、心情的にできるはずがない。

「カミツキガメの飼育許可を、新規に得るのは難しいんですよね」

わたしの言葉に、百目鬼も顔を曇らせた。

「難しいどころか基本的には不可能のようです。――でも」

一転、ここで彼女はにやりと歯を見せた。

「学術研究のためならOKが出る場合もあるんです。わたし、あちこちの大学に知り合いが何人もいますよ。その中には爬虫類の研究をしている人もいます。うまくいけば、その人に引き取ってもらえるかもしれません」

「本当ですか」

頷いて百目鬼はライフジャケットの裾を持ち上げた。そうして制服のポケットに手を入れ、取り出したスマホを少しのあいだ操作し、こちらへ渡してくる。

「市役所の番号なら、はい、出しておきました」

百目鬼に目で礼を言い、その端末を借り受けると、環境生活課の担当者に向かってわたしは言った。

「三日前連絡した者ですが、すみません、捕まえたカメに逃げられてしまいました」

土中の座標

1

長く降り続いていた雨もようやく上がり、正午に近い今では、西の空に晴れ間が覗きはじめている。

おれは自転車でのパトロールを終え、西端(にしはた)交番に戻った。

郵便受けを覗くと、葉書が一枚だけ届いていた。宛名には【百目鬼巴様】とある。

葉書を裏返してみた。

【黒　4の十七】

裏面に書いてあるのは、そんな暗号じみた五つの文字だけだ。

交番の建物に入った。相談員の百目鬼のところまで行き、彼女の机に葉書を置く。

「これ、届いていましたよ」

百目鬼は拾得物の受付簿を整理しているところだった。簿冊(ぼさつ)から顔を上げ、「ありがと」と短くこっちに言ってから葉書を手にする。

「すみません。裏の面もつい覗き見しちゃったんですけど、符丁かパスワードみたいなものが書いてありましたね。何なんですか、それ？」

「手だよ。ユウビンゴの」

彼女の口から出てきた答えもまた謎めいたものだった。「ユウビンゴ」とは何だろうか。聞いたことのない言葉だ。

「それはビンゴゲームの一種ですか」

百目鬼の隣にある自席の椅子に座りながら、おれがそう訊ねたところ、彼女はプッと小さく笑った。

「じゃなくて、『ユウビン・ゴ』。漢字で書くとこう」

百目鬼は鉛筆を手にし、手近にあったメモ用紙にそれを走らせた。そこに書かれた文字は「郵便碁」と読めた。

「ああ、なるほど。郵便でやる囲碁のことでしたか。すると『手』というのは指し手のことですね。将棋で言えば『2六歩』みたいな」

「そう」

百目鬼は頷きつつ机の抽斗から方眼紙を取り出すと、さも楽しそうな顔で、その一点に黒い丸印を鉛筆で描き込んだ。

いま丸をつけた座標が「4の十七」らしい。

考えてみれば、囲碁をするのに対戦者同士が碁盤を挟んで向き合う必要はない。二人が遠隔地にあっても対局は可能だ。相手から石の置き場所さえ教えてもらえばいい。その場所を、各々が自分で用意した碁盤の座標上にマークしていけば、ゲームを進めることができるわけだ。

見たところ、方眼紙には白と黒の丸印がけっこうな数で並んでいる。対局はもう終盤戦に入っているようだ。

「でも、どうしていちいち葉書なんかでやりとりをしているんですか。それじゃあ時間がかかってしょうがないでしょう」

「そのとおり。一局終えるのに、だいたい一年ぐらいは必要かな。切手代だって馬鹿にならないしね」

「そんなことをする意味があるんですか。離れた相手と囲碁をしたければ、電子メールを使えばいいと思いますけど」

百目鬼は警察ＯＧで、年齢はもう六十代の後半になるはずだ。だが、パソコンの類が苦手というわけでもなく、どんな電子機器でも巧みに使いこなしている。

「だって、時間がかかるってことは、裏を返せば一手ごとにじっくり考える余裕があるってことじゃない。下手に焦らなくても済むし。だから郵便での対局は、わたしに言わせると、囲碁の上達に最適な方法なんだよ」

「そんなもんですかね」

「ええ。なんでも効率的なのが一番というわけじゃないって。忙しい現代じゃあ、こういう方法こそ本当の贅沢（ぜいたく）って言えるんじゃないかな」

百目鬼に、しみじみと感じ入ったような表情でそう言われると、なるほどそのとおりかもしれない、という気がしてくる。

「案外、味のある趣味なんだよ。やってみたらどう？　向江くんも」

おれはいま結婚を控えている。相手は警備部長の娘で、本部の交通課に勤務している一歳年上の女だった。そんなわけで最近、上司や先輩、同僚らは、おれに対してムコウからウを取って「ムコ」との呼称を使うようになっている。年上の職員のうち、ウを省略せずにきちんと名字を口にしてくれるのは百目鬼ぐらいのものだ。

「ところで、対戦相手はどんな人なんですか」

さっき葉書を手にしたときには、差出人の名前までは確認しなかった。

百目鬼は手にしていた葉書の表面をおれの方へ向けた。左下に書いてある名前は「源田統司」と読めた。

「ああ、この人ね」

住所は深林地区のようだ。奇遇にも、そこはおれが今日の午後から向かう予定になっている場所だった。

「源田さんも県警のOBだよ。わたしの後輩で、歳は二つ下」

百目鬼の二つ下なら、六十三、四といったところか。

「もう二十年以上も前だけど、お互い本部に勤務していたとき、囲碁同好会で一緒だった人なのよ。棋力が同じぐらいだから意気投合しちゃってね、こうしていまも対戦を続けているわけ」

「その源田さんもやっぱり、どこかの交番で相談員をやっているんですか」

「いいえ。誰かみたいに、いつまでも組織にしがみついたりはしていない。定年で辞めてからは潔く隠居しているよ。――そういえば、向江くんは、今日の午後から深林の駐在所へ行くんだったね」

「その予定です」

深林地区は市の北部にある人口二百人ちょっとの小さな集落だ。

先日、そこの駐在所で欠員が生じた。交番と違って駐在所の場合は、警察官が家族を連れて勤務することが多い。しかし深林は、占坂署の慣例として、単身者が赴任する駐在所だった。そこに勤務していた巡査が食中毒で倒れ、三日間ばかり入院することになったのだ。

深林駐在所が空になる場合は、近隣の交番から若手の警察官が応援に行く。それもまた昔から存在する署の慣例だった。

いまパトカーで出かけている先輩の交番員が戻ってきたら、その車でここから五キロばかり離れた件の駐在所まで送ってもらう手筈になっている。

「向江くんは偉いよねえ。若い人は普通、僻地を嫌うものなんだけど」

深林駐在所のピンチヒッターに志願する者を求む。そんな地域課長からの要請を受け、おれは素早く手を挙げた。誰に強いられたわけでもなく、それは百パーセントおれ自身の意思による決断だった。

「源田さんはね、ちょうど深林駐在所の近くに住んでいるの。もしも分からないことがあったら、どんなことでも遠慮なく彼に訊くといいよ」

「そうします。源田さんという方は、現役時代、主にどんなお仕事をされてきたんですか」

「長く本部の鑑識課にいたわね。指紋を取らせたら名人だし、似顔絵の腕前もプロ級だった。事件捜査の勘もすごく鋭かったな」

百目鬼がそう言い終えたとき、卓上の電話が鳴った。おれは受話器を取り上げた。

占坂署の刑事課からだった。

《いまからそちらにファックスを送りますので、受信を確認してもらえますか》

そう告げてきた庶務係の女性職員に向かって、おれは訊き返した。

「ファックスですか。電子メールではなく?」

《ファックスです。署内サーバーのメンテナンスが予定より長引いてしまい、現在はメールが使えない状態ですので》

「承知しました」

もちろん、この交番にもファックスの専用機が置いてある。とはいえ、電子メールが主流になったいま、使う機会がめっきり減ってしまったため、黒い機体は厚く埃をかぶっていた。

おれはその前に立った。だが、一分ほど待っても受信の用紙が排出される気配はない。

機体をよく見ると赤いランプが点滅していた。インク切れを伝えるアラームだ。

「くそっ」

思わず毒づいたのは、インクカートリッジの交換手順を知らないからだった。結局、キャビネットに押し込まれた書類の中からマニュアルを探し出してこなければならず、カートリッジを交換するのにえらく手間取ってしまった。

やっとの思いでインクの補充を終えると、自動的に受信が始まった。

先ほど百目鬼との会話の中で似顔絵の話が出たが、刑事課から送られてきたものが、まさにそれだった。

最近、この近辺で車上ねらいが連続して発生している。その被疑者の似顔絵だ。

そこに描かれている三十歳前後と思われる男の顔は、捜査員ではなく目撃者が描いたものらしく、はっきり言って下手もいいところだった。だが、こうした子供が描いたような簡単な線画の方が、かえって検挙に結びつく度合いが高いのだ。

遅くなってしまったが、おれは無事に受信できた旨の連絡を刑事課に入れた。

《その被疑者は最近、そちらの西端交番近辺でも目撃されているようですから、パトロールの際は十分に警戒してください》

「承知しました」

電話を切ってから、改めて似顔絵に目をやってみる。

やけに特徴のある顔だ。エラが張り、鼻柱が太く、唇も分厚い。反対に眉毛は細く、目も小さい。頭髪は七分刈りといったところか。

ふと思いついたことがあった。百目鬼はどれぐらい絵が上手いのか。それを知りたくなり、おれは彼女に言った。

「忙しいところすみませんが、ちょっと紙と鉛筆を準備してもらえませんか。いまからおれが、ある人物の顔のパーツについて特徴を言います。そのとおりに似顔絵を描いてみてほしいんです」

「いいよ。で、その人物の年齢と性別は?」

「男で、三十ぐらいです。ではパーツの特徴を言いますよ。——エラが張っている。鼻柱が太い。唇は分厚い。眉毛は細い。目は小さい。頭髪は七分刈り」

百目鬼もずっと刑事畑にいた人だ。慣れているのだろう、滑らかに筆を運んでいる。

「できたよ」

百目鬼が差し出してきた紙を受け取り、ファックスで送られてきた顔と並べてみた。

二枚は似ているようで似ていなかった。個々のパーツはそっくりだが、それらの配置が微妙に異なっているせいだ。文字だけで顔の情報を伝えた場合は、こういうところに限界が出るようだ。

車上ねらいの似顔絵を必要な枚数だけコピーしていると、外にパトカーの停まる気配があった。

運転席の先輩は車から降りず、クラクションを一度短く鳴らすことで、「早く出てこい」と告げてくる。

「では、いってきます」

おれは準備してあったバッグを持って立ち上がった。

「気をつけてね」と言ったあと百目鬼はつけ加えた。「今朝まで長雨が続いていたから、きっと地盤が緩んでいるはずだよ。地すべりが起きるかもしれないから、ちょっとでも危ないと思ったらすぐに逃げてね」

そういえば、深林駐在所の建物は小高い山の近くに建っていると聞いていた。

「ええ、そうしますよ」

パトカーの助手席に乗った。

とたんに眠気を覚えたため、おれは先輩の目を盗んで目を閉じた。

刑事課によると、さっき似顔絵が送られてきた車上ねらいの被疑者が、この近辺にいるかもしれないという。対向車の運転手や歩道を歩いている人の顔にしっかりと目を凝らしていれば、もしかしたらやつを発見できるかもしれない。

だがおれは、無理をしてまで立派な警察官でいようとは思わなかった。

結婚相手は警備部長の娘だ。たまたま学生時代に知り合い、その頃から付き合っていたおかげで、いわゆる逆玉の幸運に恵まれた。

幹部の縁戚になれたなら、警察社会での将来は、ある程度まで約束される。ならば一つや二つの手柄を無理してあげる必要もないだろう。

2

少し居眠りしたら目が冴えてきた。

先輩の運転するパトカーは市街地を抜け、山道を登り始めているところだった。

このルートはバイク乗りたちに人気がある。

実は、二輪を趣味とするおれも、愛車のＳＲ５００で、このワインディングロードを何度も走っていた。だから、どこにどれぐらいきついカーブがあるのか、どこならアクセルを踏み込んでもかまわないのか、そんなことが全部分かっていた。

そのうち水の流れる音が強くなってきた。

道路と並んで走っている深林川の音だ。

サイドウインドウから川の方に目をやれば、予想をはるかに超えて川幅が広くなっている。

長雨のあとだから当然の現象だが、これほど水量が増えた深林川は、いままで見たことがない。

もう少し先に行くと、道路の右側に洋風の建物があった。入口の上には【カフェ藤倉】との看板が出ている。

「ずいぶんな田舎だってのに、こんな小洒落た店があるんだな」

ハンドルを握る先輩が、顔を店の方へ向けて言った。

「わりと儲かっているみたいじゃないか、この店」

「そうみたいですね。釣り人やバイク乗りが、この道をけっこう通りますから、客足はちゃんと確保できているんでしょう」

　実を言うとこのカフェは、休日にライダースーツを着たおれが何度も利用したことがある店だった。経営者の娘で、両親の手伝いをしている藤倉澄花(すみか)という女とも知り合いだが、それについては黙っていた。

　カフェから五百メートルほど進むとバスの停留所が見え、そこからさらに同じ距離だけ行ったところに、目指す駐在所はあった。

　パトカーを降り、木造の二階屋を見やる。

　玄関がガラス張りの自動ドアであること。そしてその上に【深林駐在所】との立体文字が掲げられていること。この二点を除けば、外見は普通の民家とほとんど変わらない。

　建物の横にはミニパトが一台停まっている。建物の鍵と一緒に、この車のキーもすでに預かっていた。

　それはいいが、問題は周囲の状況だった。

　建物の北側にある山が、駐在所からずいぶんと近いのだ。たしかに山のそばとは聞いていたが、ここまでとは考えていなかった。

　危ないと思ったらすぐに逃げろ。出発間際に百目鬼が発したその忠告を、さっきおれは軽く聞き流していたが、その態度は改める必要がありそうだ。

　帰って行く先輩を見送ったあと、預かっていた鍵を使って駐在所の正面入口を開けた。

まずは駐在所として機能する一階部分をざっと見て回る。

そのあと二階の居室に上がってみると、部屋はやけにきちんと片付いていて、鄙(ひな)びた温泉宿の一室にチェックインしたかのような錯覚を感じてしまった。

入院した警察官の家族がここに来て整理したらしく、彼の私物はみなプラスチックの衣装ケースに収納され、テレビの横に積み上げられている。

窓は北と南、それに西側にあった。

南側に設けられているのは大きな掃きだし窓で、それを開ければテラスに出られるようになっている。

テラスのちょうど真下が駐在所の事務室、という間取りになっているようだ。

東側の壁にはインターホンの子機が充電器ごと取り付けられていた。その横には正面の自動ドアを開け閉めするスイッチもある。二階にいても来客に応対できるようになっているわけだ。

一階に戻り、片袖の事務机に着いた。卓上の固定電話を使い、占坂署の地域課長へ無事着任した旨の連絡を入れる。

受話器を置いたとき、外でバイクのエンジン音がした。

自動ドアを開けて入ってきたのは、二十歳前後の男だった。おれがバイクに乗るときに着ているのと同じような、白と黒のライダースーツに身を包んでいる。

ツーリング中とおぼしきその若い男は、こっちに辞儀をしながらオープンフェイスのヘルメットを脱いだ。

「ちょっとお訊ねしますが、この近くに、軽く食事ができる場所はありませんか」

「それなら、南に下ったところにカフェ藤倉という店があります。ここから一キロぐらいですから、バイクならすぐですよ」

念のため、簡単な地図を描いて渡してやることにした。

とはいっても、いま来たばかりでメモ用紙がどこにあるかすら分からない。

おれは当てずっぽうに、事務机のセンターにある抽斗を開けた。そこには筆記用具や懐中電灯と一緒にトレース用の方眼紙も入っていた。

ありがたい。警察官の仕事をしていると、絵や図を描く必要に迫られることが意外に多い。そんなときは、この手の紙が最も便利なのだ。

ただし、そこにあった方眼紙は一ミリのマス目のものだった。もう少し間隔が広い方が使いやすいのだが。そう思いつつ簡単な地図を描いて渡してやったあと、おれは続けた。

「ただ、そこはけっこう人気の店でして、平日でも満席になってしまうときがたまにあるんですよ。ですので一応、席が空いているかどうかを店に訊いておきましょうか」

相手の返事を待たず、卓上電話の受話器を取り上げ、カフェ藤倉の番号を押す。

《お電話をありがとうございます。カフェ藤倉です》

応答したのは、思ったとおり澄花だった。店の電話番は常に彼女の仕事だ。

「こちらは駐在所です」

《いつもお世話になっております》

声で、すぐにおれだと分かったようだが、澄花は事務的な口調を変えなかった。近くに両親がいるからだろう。

「いまから席を一つ予約できますか」

《はい。できます》

「ではお願いします。これから間もなく行きますので」

《承知しました》

「それから、ついでですみません。例の件なんですが」

おれはライダースーツの男から視線をそらし、声のトーンも少し落とした。

「六時ではいかがでしょうか。場所はバス停で」

今日の午後に深林駐在所へ来ることは、すでに澄花に伝えてあった。夕方に逢おう、との約束もそのときにしておいたのだが、具体的な時間と場所まではまだ決めていなかった。

《承知しました。では、よろしくお願いします》

通話の最後まで澄花は店員として振舞ったが、ところどころでは口調の端に高揚感を覗かせていた。

受話器を置くと、おれはライダースーツの男へ向き直った。

「わたしがおすすめするメニューは、カマンベールチーズの焼きサンドイッチですね」

「ありがとうございました。せっかく教えてもらったので、それを食べてみます」

「今日は水曜日だから、営業は午後五時で終了ですよ。寄り道しないで、早めに行ってください」

「そうします」

若い男は丁寧に頭を下げて出ていった。

そのあとは事務室内をあちこち眺め回し、キャビネットの中身などを調べながら過ごした。そんなことをしているうちに西日が山の陰に隠れ、勤務終了の時刻になった。

結局、来客はさっきのライダー一人だけだった。

事務室の北側には、西端交番にあるのと同じファックス専用機が床にじか置きされているが、それも書類の一枚すら受信することはなかった。

持参したノートパソコンを開き、業務日誌に「地理案内、一件」と打ち込んでから保管庫に拳銃をしまい、制服を脱いだ。

「さてと……」

最も気が重い仕事を、これからしなければならない。

キャップを被り、駐在所から出ようとしたとき、弱い地震があったらしく、足元にかすかな揺れを感じた。

七月の下旬。太陽は山の陰に隠れたとはいえ、西の空はまだまだ明るい。

五分ほど歩くと、トタン屋根の掘っ建て小屋が見えてきた。このバス停は待合室こそ粗末だが、渓流釣りの客がよく利用するから、休日になればそれなりに賑わう場所だった。

小屋を覗くと、白いワンピースを着た小柄な女がベンチに腰を下ろしていた。

澄花だ。

午後五時を過ぎたらもうバスは来ないため、ここに座っていても乗客と間違われる心配はない。

「久しぶり。元気にしてた？　ナオくん」

彼女の方からそう話しかけてきた。

おれの名前は「尚」と書いて「ひさし」なのだが、澄花にとって口に出しやすいのは別の読み方らしかった。

「いや、そうでもない」おれは彼女の横に座った。「駐在所は暇すぎて、体調が悪くなりそうだよ」

「あそこでの勤務って、フレックスタイム制なの？」

馬鹿げた質問をしながら、澄花がおれの肩に頭を乗せてくる。

「まさか。役所の事務職員と同じだって。基本的に日勤のみ。原則として午前八時三十分から午後五時十五分までだ。ただし時間外でも何か事案が発生したら、もちろんその都度対応しなきゃならない」

「へえ。それでも、わたしより労働時間が短いかもよ。こっちの休みは月曜日だけだから」

停留所のベンチに腰掛け、そんな当たり障りのない会話をしながら、大事な話を切り出すタイミングを窺った。

――県警幹部の娘と結婚するから、きみとは別れる。

そう澄花に告げる機会を得るために、おれはこの深林地区へ出向くことを志願したのだった。

澄花は、いわゆる激情型の性格で、すぐにカッとなる。その点は、半年ほどの付き合いでよく分かっていた。したがって、言葉を慎重に選び、宥めすかしながら話を進めていく必要がある。

呼吸を整えてから、本題の話を切り出すべく、おれは思い切って口を開いた。しかし、一言も発しないうちに、それをつぐまなければならなかった。

地元の人らしき年配の男が、ちょうどおれたちの前を通りかかったせいだ。山菜採りの帰りらしく、わらびの入ったポリ袋を手に持っている。

その男に向かって、澄花が「こんにちは」と挨拶をした。相手も帽子を取って会釈を返してよこす。

その男が駐在所の方へ歩き去っていくと、澄花はおれの腕を引っ張りながら立ち上がった。

「川の方へ行ってみない？」

おれは澄花に手を引かれるままに歩いていった。二十三歳。おれより四つ下の澄花の足取りは軽い。

彼女と交際を始めてから半年になる。

一か月ぐらい前には体の関係も持った。もし警備部長の娘との結婚話が急に持ち上がったりしなければ、おれは澄花との二股交際をこの先もずっと続けるつもりだったのだ。

おれの手を引いて澄花が辿り着いたのは深林川のほとりで、自然の岩がいくつか並んだ場所だった。

中でも特に大きな、高さが二メートルほどある岩石の上で、澄花は足を止めた。普段は全部が露出している岩だが、いまは半分以上も水の下に隠れている状態だった。

「こんなに近くまで来たら、危ないんじゃないか」

おれは増水した川が立てる轟音に負けないよう、怒鳴り声で澄花に忠告した。

川幅は普段の倍以上も広くなっている。流れの速さについては何倍になるのか見当もつかない。この勢いでは、もし川に落ちたら、まず助からないだろう。

「平気だって。ここはうちの庭みたいなものだし」

口調からすると、別に虚勢を張っているふうでもない。澄花はこの場所で生まれてこの場所で育った。彼女にしてみたら、この川べりは小さいころから慣れ親しんだ遊び場なのだ。

「ところでさ、ナオくん。わたしね――」

澄花は何ごとかを口にした。だが、怒号のような川音にかき消されたせいで、口パクをしているようにしか見えなかった。

おれは彼女の口に耳を近づけた。「もう一回言ってくれ」

「だから、わたし、妊娠したみたいなの」

信じたくはないが、澄花の発した言葉は間違いなくそうだった。

彼女がこうして川べりまで足を運んだのは、水の轟音に紛れさせてしまえば、その照れくさい一言をおれに告げやすいと考えたからかもしれない。

ともかく、おれはとっさに笑顔を作った。

「本当に？」などと確かめる愚は犯さなかった。澄花の表情から、嘘や冗談ではないことが、はっきりと分かったからだ。

「それ、まだ誰にも言ってない、よな？」

「うん」

いったん横を向いて激流に視線をやった。その流れと同じような濁った色に、心の裡が染まっていくのを強く感じる。

すぐに澄花の方へ顔を戻して驚いた。彼女の表情が一変していたからだ。

凄まじい形相でこっちを睨みつけている。

そのとき、おれは自分の顔が異常に強張っていることを悟った。笑顔をつくったつもりだったが、完全に失敗していたらしい。

おれがどうのこうの言うまでもなく、おれの硬い表情から、彼女はもうだいたいの事情を察したようだった。

覚悟を決めて、おれは「ああ」と頷いた。

「そうだよ。おれが今日こうして澄ちゃんに会おうと持ちかけたのは、別れ話をしたかったからだ」

そう言った次の瞬間、おれの視界に入ったのは夕暮れの空だった。

体が後ろにのけ反ったせいだ。そんな体勢になったのは、激した澄花がいきなり摑みかかってきたからだった。

――やめろっ、危ねえだろ！

そんな言葉を、おれは発しようとしたが、声を出す余裕はなかった。

彼女の体をぎりぎり受け止めたものの、あと二、三十センチ後退り（あとずさり）でもしたら川に転落してしまう。

澄花は獣の唸り（うなり）にも似た声を上げながら、こっちの体をぐいぐいと押し続けている。

おれを殺したいのか。いや、たぶん違う。激情にかられて正気を失っているこの女は、おれと一緒に川に飛び込み、死ぬつもりでいるのだ。

もう踏ん張りがきかないというぎりぎりのところで、おれはどうにか体勢を立て直し、澄花と体の位置を入れ替えた。

今度は澄花の方が、川に向かって背中をのけ反らせる格好になる。

彼女の表情からは死ぬ決意が消えていなかったが、生存本能というやつが働いたらしく、必死の形相で、こっちに向かって右腕を伸ばしてくる。

おれはその手首をがっちりと握ってやった。

3

いまは一年で最も暑い季節のはずだが、寒気がしてしょうがない。

時刻は午後九時を回っていた。

駐在所の二階で毛布を被りつつ、おれは夕方にあった出来事をもう一度思い返した。

いったんは強く握った澄花の右手首の感触は、まだはっきりと手の平に残っている。

それを結局は離した。

短い時間のうちに警察官としての将来について素早く算盤(そろばん)をはじいた結果、そうすることにしたのだ。

それでも、濁った水に呑み込まれ、とんでもない速さで流されていく澄花を黙って見ていることはできず、すぐに追いかけた。

しばらく波間を上下していた白いワンピースは、ほどなくして見えなくなった。慌てて駐在所に引き返し、Tシャツ姿のままミニパトのハンドルを握って川沿いを走ってみたが、おれの目が彼女の姿を捉えることはもうなかった。

再び駐在所へ戻り、二階の居室に辿り着くと、脚から力が抜けてへたりこんでしまった。自分の為したことに怯(おび)えるあまり、布団の上で体を丸めることしかできなくなっていた。

気温が変化したせいで建物の壁でも鳴ったのか、どこかでメキッという音がしたように思った。

それを機に、おれは布団から身を起こした。

部屋の明かりを点け、テレビのスイッチを入れた。同時にスマホを手にし、インターネットでニュースを漁(あさ)る。

いまとなっては、恐ろしいのは澄花が死亡していることではなく、助かっていることだった。もしも自力で岸に辿り着くなり、誰かに引っ張りあげられるなりしていたら、彼女の口から何があったのかが明るみに出てしまう。そうなれば、おれは破滅だ。もちろん結婚の話はなかったことになるだろうし、殺人未遂罪に問われるおそれすらある。いや、間違いなく問われる。

おれはスマホに目を近づけ、フリック操作をひたすら繰り返した。目当ての記事はまだ出ていないのか、それともおれが見つけられないだけか。

【深林川に流され女性が死亡】

その地域ニュースがネットにアップされたのは、午後十時を過ぎてからだった。

【亡くなったのは二十代前半と見られる女性。川から引き揚げられたときには、すでに心肺停止の状態だった。身に着けていた腕時計の刻印によると、女性の氏名は『フジクラスミカ』さん。占坂警察署は、足を滑らせて増水した川に転落したものとみて捜査を進めている】

引き揚げられた時点で心肺停止だったのなら、何も証言する余裕はなかったということだ。

安心すると眠気がやってきた。

寝落ちする前に風呂に入るか。そう思った直後、おれは飛び上がりそうになった。いきなりチャイム音が鳴り響いたからだった。

東側の壁を見ると、その一部が光っていた。インターホンの子機にスイッチが入り、モニターの画面が表示されているのだ。

スマホを枕元に置いて布団から立ち上がり、その子機を手にした。

「はい、駐在所です」

《やあ、すまんね。こんな夜遅くに》

そう口にした訪問者の人相は、子機のモニターでは画面が小さすぎて、よく分からなかった。

声の感じからして、六十は過ぎているだろう年配の男性であること。はっきりしているのは、その一点だけだ。

《わたしは近所に住んでいる者だけど、ちょっとお伝えしたいことがあってね。外から二階の明かりが見えたから、まだお休み前だと思ってお邪魔したわけ》

――なんだよ、こんなときに。

それが本音だったが、おれは作り声で「分かりました。いま入口ドアを開けますのでお入りください」と応答した。

ドアを開錠するボタンを押したあと、クローゼットから制服を取り出そうかと考えたが、もうこんな時間だ。その必要はないだろうと思い直し、白いTシャツにスエットパンツというそのままの格好で居室を出ることにする。

また足元に振動を感じたのは、そのときだった。

ただし、今度のやつはかなり大きな揺れだ。

加えて、またメキッという妙な音が何度か続いた。どうやら、それは北側の山の方で鳴っているらしい。

そう気づいた直後、断続的だったその音が、いきなりメキメキメキメキと連続したものになった。

樹木の倒れる音だと悟ったときには、もうそれは腹に響くような重たい音に変わっていた。

それからの光景は、目を疑いたくなるものだった。

まず北側の壁が室内に向かって倒れてきた。

その後ろから流れ込んできたのは大量の土砂だった。

窓ガラスが割れ、電気が消え、目の前が暗闇に包まれた。

同時に、おれの体に冷たい土の塊が覆いかぶさってきた。

裏山が地すべりを起こし、大量の土砂がこの建物の上に降り注いだのだと分かったが、入り込んできたものの下敷きにならないように身を躱(かわ)すのが精一杯で、ほかに何かする余裕もなかった。

土砂の流入は二、三十秒ほど続いた。

地すべりが収まったあと、パニック状態に陥らないよう必死に呼吸を整えつつ、何をするべきなのかを考えた。

まず思いついたのは、早く外に出なければ、ということだった。

だが、それは簡単ではないようだ。暗闇の中でもだいたい察しがつくとおり、北側の壁を壊して流れ込んできた土砂のせいで、西側の窓も南側の掃きだし窓も塞がれてしまっているからだ。

階段も埋まったため、一階に下りていくのは不可能だ。

正確な状況はよく分からないが、どうやらおれの体は東側の壁際に押しつけられているようだった。

「おいっ、上の駐在さん。あんたは無事かね」

一階から聞こえてきた声を受け、おれはようやく思い出した。地すべりが起きる直前に訪問者があったことを。

「なんとか大丈夫です。そちらはどうですか」

おそらく一階もかなりの惨状を呈していることだろうと予想しながら、おれは顔を下に向けて大声を出した。

「怪我はしていませんか」

「ああ、していない」

一階からの声は、なぜかだいぶ近くから聞こえてくるように感じられた。

「そっちの様子は、どんな具合ですか」

「真っ暗で何も見えんよ。ただ、ものすごい量の土が入り込んできているのは間違いなさそうだ。それに、さっき立ち上がろうとしたら上に頭をぶつけたから、もしかしたら柱が折れて、あんたのいる二階がわたしの背丈ぐらいのところまで落ちてきているのかもしれん」

おそらく、土砂の重みで建物がそういう壊れ方をしたのだろう。だとすれば、階下の声がずいぶん近くから聞こえてくることにも説明がつく。二階が一階に落ちかけているぐらいなら、建物が受けた被害の度合いは全壊と言っていいのかもしれない。

「外に出られませんか」

「残念だが、駄目みたいだ。たぶん正面のドアも、どの窓も塞がっているな。この建物がまるごと土砂に埋まってしまっているんだと思う」

「そうらしいですね」

これはもう「生き埋め」と表現しても、あながち間違いではない状態だろう。

自力で出られないとなれば助けを呼ぶ必要がある。

「携帯電話をお持ちですか」

「いや、持ってこなかった」

だったら一階の固定電話を使うしかない。その前に、まず照明が必要だ。それがなければ電話機の場所を把握できない。

「お願いがあります。一階に懐中電灯があるんです。どうにかして、それを見つけてもらいたいんです」

もしかしたら二階にもそれが備えつけてあるのかもしれない。しかし、おれはまだその位置を確認していなかった。スマホがあればライトが使えるのだが、地すべりの直前まで手にしていたあの端末は、ほぼ間違いなく土砂の下敷きになってしまっている。捜し当てるのは無理だろう。

「分かった。で、その懐中電灯は、どのへんにあるんだね？」

「事務机の抽斗に入っています。手探りで机を捜せませんか」

「やってみるよ」

階下から次の反応があるのを待っているうちに、気づいたことがあった。

南側の掃きだし窓だ。ほとんど土砂に塞がれてしまっているが、上の方にわずかな隙間がある。土砂の小山を登っていけば、そこからテラスに出られそうなのだ。

立ち上がれば頭を怪我するおそれがあるため、おれは匍匐前進の要領で、その隙間の方へゆっくりと移動し始めた。

すると、いくらも前進しないうちに、建物全体がミシッと嫌な音を立てた。

「おいっ、上の駐在さん」

下にいる男が、さっきと同じ言い方でおれに呼びかけてきた。

「いま移動したかね」

「ええ。南側の窓からテラスに出ようとしました」

「待ってくれ。あんたの動きに合わせて、一階の天井が少し沈み込んできた。もしかしたら二階ごと下に落ちてくるかもしれん」

さっき下の男が言ったように、土砂の重みで、やはり柱が折れてしまったのだろう。いまはぎりぎり持ちこたえているが、どうやら二階が一階を潰しかかっているらしい。

「と言うより、いまの調子だと、間違いなく落ちてくる」

つまり、おれの体重がいまの場所からテラスの方へ移ると、現在建物を支えている微妙なバランスが崩れ、二階部分が一階部分へ崩落する。そういう状態にあるようだ。

「だから頼む。下手に動かんでくれ。こっちの命が危ない」

「了解です。すみませんでした」

しかたがない。一刻も早く建物の外に逃れたいが、下の男を圧死させるわけにもいかない。おれは四つん這いの体勢のままその場で動きを止めた。

そうして一分も経たないうちに、また下の男が言葉を発した。

「駐在さん、あんたの声には聞き覚えがないな。ってことは、新しく来た人かね」

「そうです。向江といいます。今日を入れて三日間だけですけど、ここに勤務することになりました」

「臨時の応援要員ってわけか。普段はどこに勤務しているんだい」

「西端交番です」

「なんだ。だったら百目鬼さんのところじゃないか」

「もしかして、あなたは……源田さんという方ではありませんか」

「ああ、そうだよ」

こっちに対する口の利き方がぞんざいで馴れ馴れしいから、もしかしたら警察ＯＢではないかとは思っていた。

「わたしは拝命三年目の巡査です。駐在所勤務で分からないことがあったら源田さんを頼るように、と百目鬼さんから教えられてきました」

「それはまた光栄だな。――おっと、机らしきものに手が触れたぞ」

よかった。おれは拳（こぶし）を握りしめた。

「だけど、ほとんど土砂に埋まっているようだ」

「そうですか。でも、センターの抽斗さえ開けられればいいんです。その中に懐中電灯が入っていますから」

「そうか。……ああ、これがたぶんその抽斗だ。……よし、開いたようだ」

「では円筒形のものを捜してもらえますか」

抽斗の中を掻きまわすガサガサという音がここまで聞こえてきた。

「たぶん、これだな。――やった、明かりが点いたぞ」

建物が大きく壊れたせいで、一階に落ち込んだ部分にごく細い隙間ができていたようだ。床に近い壁の一点から、わずかにだが階下の光が漏れている。

幅が五ミリ程度しかないその隙間に、おれは口を近づけた。

「一階は、どんな状況ですか」

「やっぱり大量の土砂が流れ込んできている。いやあ、思ったとおり酷いありさまだ。事務室の広さが半分以下になっているよ」

「どこか外に出られそうな箇所はありませんか」

「無理だね。正面の出入口も、ほかの窓も完全に塞がれている」

「電話はどうですか。机の上です。見当たりませんか」

「ないようだな」

「じゃあ、ファックス機はどうでしょう」

「それは、どのへんにあるんだい」

「部屋の北側です。隅の方で、床の上にじかに置いてあります」

「駄目だね。そこは一番土砂の量が多い場所だ。天井まで完全に埋まっている」

「だったらノートパソコンはどうですか。それも事務机の上に置いてあったはずなんですが」

「それも見当たらないな」

「救助を呼ぶ必要がありますから、なんとか外部と通信できる機器を掘り出せませんか」

「そうだな。一番見つけられそうなのは固定電話だろう。それなら、机の近くに浅く埋まっているだけかもしれない。駄目もとで、あちこち掘ってみるさ」

もし地すべりが起きたことを消防や警察がもう把握しているなら、先方から安否確認の電話があり、コール音が鳴るはずだ。その音を頼りにすれば、掘り当てるのも難しくないかもしれない。

実際にそのコール音が流れたのは、まさにおれがそのように考えた直後のことだった。

4

聞こえてきた音はやけにくぐもっているから、土中で鳴っているのだとはっきり分かった。

「よし、おかげで場所の見当がついた。いま掘り出してやるからな。……ほら捕まえたっ」

そう言うなり、源田が受話器を取り上げる気配があった。

「はいっ、こちらは深林駐在所。……ああ、そうなんだ。埋まってしまったんだよ。……二人だ。……いや、わたしは近所の者でね。向江さんなら二階に閉じ込められている。……そう、一階と二階で行き来はできない状況だな。……ああ、救助を待っているんだ。……そうか、頼む。……えっ、本当かい。……だったらしかたないな。待ってるよ」

受話器を置く音がした。

「いまの電話は、占坂署の地域課からだった」

顔の向きをおれの方に変えたらしく、源田の声はさっきよりもはっきりと聞こえた。

「連中も、やっと地すべりの発生を把握したらしい。消防に連絡して救助を派遣するそうだから、もう大丈夫だ」

「よかった」

「ただし、この近くの道路も一部が土砂で塞がってしまったそうだ。消防が到着するまで、あと数時間かかると言っていたよ」

「……そうですか」

すぐ助けてもらえるわけではないと分かり、おれの気持ちは萎(な)えた。

「ただでさえ長雨で地面がぐずぐずになっていたところに、ほら、夕方に弱い地震があっただろう。あれが引き金になったんだな。あの時点で用心するべきだった。まったく、うっかり油断していたよ。とにかく、もう少しここで辛抱しなきゃならんようだ」

「ええ、しかたありませんね。気長に助けを待ちましょう」

腹這いの姿勢に疲れたため、おれはゆっくりと体を起こした。

そっと元の位置に移動し、東側の壁に背中を凭せかける。そして一息ついたところで、まだ下にいる男から来意を聞いていなかったことに思い当たった。

「ところで源田さん、どんなご用件だったんですか」

「ああ、そうだった。それを言うのをすっかり忘れていたな」

待っていれば助けが来ると分かって余裕が出たらしく、源田は小さな笑い声を漏らした。

「向江さん、あんたに直接説明してもいいが、それよりもこうしよう。わたしはこれから、ある人に電話をかける。こっちが受話器に向かっていう言葉をそこで聞いていれば、来意も自然と分かるはずだ。いいね」

そんなことを言い、源田はまた受話器を取り上げたようだった。すぐにボタンを押す音が続く。相手の番号をそらで覚えているらしい。

先方が応答してしまう前に、おれは急いで訊いた。「誰にかけるんです?」

「あんたも知っている人だよ。——ああ、こんな時間に電話してしまい、どうもすみません、百目鬼さん」

もしかしたらと思ったが、やはり相手はあの交番相談員だったようだ。

通話が始まる前に、スピーカーホンのボタンを押すように頼めばよかった。そうすれば百目鬼の声も聞けたのだが。ついぼんやりしていたことを軽く悔やみながら、おれは源田の言うことに聴覚を集中させた。

「実はいま深林の駐在所にいまして、これがちょっと大変な状況になっているんですが、まあその話はあとにして、さっそく本題に入らせてください。――百目鬼さん、テレビかネットで今晩の地域ニュースを見ましたか。深林川の下流で、女性の水死体が見つかったという事案があったんですが」

心臓が一つドンと拍動したせいで、軽く息が詰まりそうになった。

「ああ、やっぱりもうご存じでしたか。……わたしもネットにあった記事を目にしたんですが、それには亡くなった女性の名前がフジクラスミカだと書いてありました。わたしは、その名前に聞き覚えがあったんです。その澄花ちゃんがまだ幼いころからよく知っていましてね。……ええ、この近くに住んでいる娘さんなんです。この土地で生まれ育った子なんですよ」

おれは体を縮めて例の隙間に耳を押し当てた。

「だから澄花ちゃんは、深林川の川べりがどんな地形になっているのかをよく知っているはずなんです。その彼女がうっかり足を滑らせたとは、ちょっと考えにくいんですよ。それに、これはまったくの偶然なんですが、今日の夕方、わたしは澄花ちゃんとバスの停留所で会っているんです」

あのとき通りかかった山菜の袋を手にした年配の男を、おれは思い出した。あれがこの源田だったのだ。

「そのとき彼女は、若い男と一緒にいたんです。その男は、わたしの知らない顔だったから、地元の人ではありませんでした。……ええ、そうなんです。わたしは、もしかしたら、その男が澄花ちゃんの死亡に関係しているんじゃないかと思ったんです。もちろん元警察官の勘というだけで、何ら証拠はありませんけれど」

無理な姿勢を続けているせいで、首の筋肉が攣り、強い痛みが走った。それでもおれは隙間に押しつけた耳を離すことができなかった。

「一瞥しただけなんですが、二人の様子からして、その男はどうも澄花ちゃんの恋人のようでした。すると痴話喧嘩でもして、それが高じて、その男が彼女を川に突き落とした、といったことも考えられるわけです」

喉が渇いてしかたがなかった。唾を飲み込もうとしたが、口の中が干乾びたようになっていて、それも叶わない。

「このあたりはだいぶ田舎ですけれど、バイク乗りには人気のある場所なんです。……ええ、ですから、見たこともない若い男がたくさん行き来するんですよ。たぶん、そのうちの一人じゃないかと思いました。……はい。その男の顔は、はっきりと覚えています。キャップを被っていたので髪型だけは分かりませんでしたが、顔の造作はいまでもこの目に焼きついていますよ」

ぐっ。おれの口から勝手にそんな音が漏れた。

「ネットのニュースで澄花ちゃんの死亡を知ったあと、すぐにそいつの似顔絵を描いておきました。できるだけ記憶が鮮明なうちに。……はい、その似顔絵を持って、いま駐在所に来ているんです。……ええ、向江さんも一緒ですよ」

さすがに攣った首筋が痛すぎて、おれはここで体勢を変えた。さっきとは反対側の耳を隙間に密着させる。

「ここから占坂署の刑事課か生活安全課に、その似顔絵を送信してもらうつもりだったんですが、困ったことにですね、急に駐在所の機能がすべて停止してしまったんです。……ええ、実は地すべりが起きて、建物の中も外も土砂に埋まってしまったんです。……はい、幸い向江さんもわたしも怪我はしていません」

百目鬼はどんな顔をして源田の話を聞いているのだろうか。

想像してみようとしたが、なぜか難しく、頭に浮かべることができた彼女の表情は、今日の西端交番で見た、郵便碁に興じる楽しそうな横顔だけだった。

「とにかく、少しでも早くキャップ男の似顔絵が出回るように手配しないと、やつが遠くへ逃げてしまうおそれもあります。ですが、ファックスと電子メール、どっちの方法も使えない状況なんです。どうしたらいいでしょうか。……はい、それならここにあります。……そうですか。……では頑張ってみますよ、そちらにファックスの方法で送れるように」

源田は通話を終えたようだった。

彼が占坂署の係員ではなく百目鬼に電話したのは、警察関係者の中で、どんな部署よりもあの相談員一人の方が、信頼できる相手だからなのだろう。

おれは一階に向かって言った。

「たしかにいまの電話で来意は分かりました。――ところで源田さん、もしかしたら、そのキャップ男をわたしも目撃しているかもしれません。念のため、お描きになった似顔絵を見せてもらえませんか」

「すまんな。それはちょっと待ってくれ」

そう返事をしながら、源田はごそごそと音をさせていた。

いまの電話によると、彼はおれの似顔絵を百目鬼にファックスで送るという。どうやら、埋もれているファックス専用機を土砂の中から掘り出すつもりでいるらしい。

おれはひとまず安心した。

源田の言葉によれば、よりによってあの機器の置いてあった場所に最も土砂が多く流れ込んでいるとのことだ。常識的に考えて、年配の男がたった一人の力ですぐに掘り出せるはずもない。やれたとしても、何時間もかかるだろう。

とはいえ、こっちにも余裕があるわけではなかった。消防の救助が来てしまえば、おれの似顔絵は源田の手で公表されてしまう。

そしておれ自身、救助されたあとに源田と顔を合わせるわけにはいかないのだ。果たしてそんなことができるのか。難しいはずだ。ではどうしたらいいのか……。

落ち着いて考えるために、おれはいったん目を閉じた。

頬に軽い痒みを覚え、そのせいで意識が戻った。

いつの間にか疲労とストレスで眠り込んでしまっていたらしい。

頬のみならず、鼻も額も首筋も、どこもかしこも痒い。蟻が這いまわっているせいだ。おれは上半身を起こしてから、体中を手の平でこすり、不快な小虫どもを払い落とすことに努めた。

暗さに目が慣れたせいで、さっきよりはだいぶ周囲の様子が分かるようになっている。耳を澄ませてみた。救急車や消防車のサイレン音、あるいは防災ヘリのローター音を探ったが、それらはまだ何も聞こえてこない。

おれはまた一階に向かって口を開いた。「すみません。いつの間にか寝落ちしていました」

「だろうと思ったよ。急に声がしなくなったから」

「どれぐらい眠っていましたかね」

「そうだな……。たぶん一時間ちょっとぐらいだね」

「そんなにですか」自分の感覚としては、ほんの四、五分のあいだ微睡んだだけ、といったところだったのだが。

「いまの時間は分かりますか」

「もう日付が変わったよ。いまは午前一時ごろだ。――ところで向江さん、あんた、さっき似顔絵を見たいと言ったね」

「はい」

「いまならいいよ。見せられる。それで、どうやってそっちに手渡したらいいんだい？」

「建物がうまい壊れ方をしてくれたおかげで、一階と二階の間にほんの小さな裂け目ができています。わたしの声がする方です」そう言ってから、おれは幅五ミリの隙間部分を軽く指先で叩いた。「分かりますか。いま音がしたところです。わずかな隙間がありますよね」

「ああ、あるね」

「紙を細く丸めて、この隙間に突っ込んでもらえたら、こっちで引っ張り上げます」

「分かった」

すぐに隙間から丸めた紙が出てきた。

それを受け取って開いた。階下で源田が使っている懐中電灯の光は、電池が消耗したらしく先ほどよりも弱くなっているが、それでもまだわずかに漏れ出ている。その明かりを使って、絵を照らしてみた。

思わず息を呑んだ。

そこに描かれているのは、紛れもなくおれの顔だった。百目鬼が言ったとおり、この源田という男は似顔絵の達人らしい。昼間に見た車上ねらいのそれと同じく、これもシンプルな線だけの絵だ。とはいえ、目、鼻、口といった顔の各パーツが形だけでなく配置まで見事に正確だから、嫌になるくらいよく似ている。

「源田さん」

改まった口調で、おれは呼びかけた。

「何だね」

「ファックス機を掘り出したんですか」

「いいや」

「じゃあ、まだ埋もれたままなんですね」

「そうだ」

その返答に胸を撫(な)でおろしつつ、源田から受け取った似顔絵をスエットパンツのポケットにしまう。

そうしてから立ち上がった。もうだいぶ暗闇に目が慣れてきたから、そうしても頭を怪我するおそれはないだろうと判断した。

おれは南側の掃きだし窓へ二歩ばかり進んだ。すると思ったとおり、また建物全体がミシッと不穏な音を立てた。

「おいっ、向江さん。何をしているんだっ。動かないでくれと言ったはずだぞ！」

源田の大声は足の裏で受け止めつつ、おれはまた一歩前に進み、掃きだし窓をほとんど塞いでいる土砂の小山を登り始めた。

一階で源田が避難できそうな場所といったら事務机の下ぐらいだ。しかし、さっき聞いた話では、それはほとんど埋まっているという。ならばもう逃げ場はないはずだ。

小山の上に到達したとき、どこかでバキッと腹に響くような鈍い音がし、おれの体は二、三十センチほど沈み込んだ。一階と二階を繋ぐ太い柱の一本が大きく折れた音に違いなかった。

「やめてくれっ。動くな！」

もはや悲鳴に近い声だった。

本当に心苦しくてならない。しかし、澄花と一緒にいたおれの顔を目撃してしまった以上、源田にはこの世から消えてもらう必要がある。

階下から聞こえてきた声には耳を塞ぎ、おれはそのまま前に進んで上半身をテラスに出した。

5

数日ぶりに西端交番に出勤したところ、自席の上には書類を挟んだバインダーが何枚も積み重なっていた。

土砂に閉じ込められていたのは、だいたい午後十時から午前一時ぐらいまで。

大雑把（おおざっぱ）に計算して三時間ぐらいだから、大したことはないように思える。しかしその短時間内に受けた精神的なストレスが凄まじかったせいで、テラスから出たあとは、臨場した消防隊員の支えなしには歩行が困難になっていた。

生き埋めの現場から離れることができても、官舎への直帰は許されなかった。健康状態を調べる必要があり、二日間ばかり病院で過ごさなければならなかったのだ。

その間に、西端交番での仕事は溜まっていった。

いま目の前には、処理しなければならない書類が山積みになっている。それらをどうにか半分ほど片付けたころには、もう昼食休憩の時間になっていた。

出勤時にコンビニで買った唐揚げ弁当を掻きこんだあと、おれは、先日ファックスで送られてきた似顔絵を机に置いた。

車上ねらい犯の顔。それを別の紙に描き写してみる。被疑者の容貌を頭に叩き込むには、模写をするのが効果的だと教えられたことがあったからだ。

先輩は今日もパトカーで出かけているため、いま交番にいるのは、おれと百目鬼だけだった。その百目鬼は、碁盤でも自作しているのだろうか、トレース用の一ミリ方眼紙を何枚か机の上に置き、その縦線と横線に番号を書き入れている。

横線には左から順に算用数字を、縦線には上から順に漢数字を振っているようだ。なにしろマス目の一辺が一ミリだから、線の一本一本についてそれをやるのは難しすぎる。そこで番号の書き入れは、一、五、十、十五……と五ミリおきになっていた。とはいえ細かい作業であることに変わりはなく、百目鬼の表情はずいぶんと真剣だ。

その作業を終えると彼女は、

「これ、出しそびれちゃったな」

一枚の葉書を手にしてそう独り言ちた。その裏側には「白 9の十八」とだけ書いてある。源田に宛てた郵便碁の返信だ。彼の生前に書いたものだろう。もしかしたら、ちょうどおれが澄花を死なせたころにでも、百目鬼はその次なる一手を考えていたのかもしれない。

駐在所二階のテラスに出てすぐ、二階が一階の上に崩落した。

当然おれの体も落下する形になったが、幸い怪我の一つもすることはなかった。そうして首尾よく源田を圧死させることができた。もちろん、おれが源田を殺さなければならなかった事情についてては、世間はいっさい知らない。したがって、彼の死も澄花の場合と同じく事故として処理された。

源田から受け取ったおれの似顔絵は、救助されてすぐの段階で密かに焼却処分してある。

隣の席から百目鬼が顔を寄せてきた。

「ムコくん」

今日はなぜか彼女まで、おれをそう呼んだ。

「あんな目に遭ったばかりなんだから、そんなに根を詰めなくてもいいんじゃないの?」

「ええ、はい」

曖昧な返事と一緒に頷きを返しつつ、おれは模写の手を休めることなく、車上ねらいの似顔絵を頭に叩き込むことに努めた。

それが済むと、この被疑者が目撃された箇所を地図で確認する作業に移った。

この身はいまや、二人も死なせている殺人者だ。せめてこうして警察官としての仕事に打ち込まなければ、澄花と源田に申し訳が立たない。

百目鬼は葉書を机の抽斗にしまった。

「源田さんがいなくなって、楽しみが一つ減っちゃったわ。——ムコくん、あなたは囲碁ができるのかな」

「すみません、おれ、ルールも知らないんです」

「じゃあ駄目か。——ねえ、いまから覚えてみたらどう?」

深林地区では苦い思い出を作りすぎた。もう当分の間、いや一生、あの近辺には近づきたくはない。かなり気に入ったワインディングロードだったが、残念なことだ。こうなるとバイク以外の趣味を作る必要があるかもしれない。百目鬼のすすめるとおり、囲碁も悪くはないだろう。これから覚えてみるか……。

そんなことを考えていると、ふいに百目鬼が顔を寄せてきた。

「あの晩、源田さんがわたしに電話をかけてきたことは、もちろん知っているよね」

「ええ。受話器に向かって喋るあの人の声を、二階で聞いていましたから」

「じゃあ、これも知っているでしょう。源田さんの見立てだと、藤倉さんという女性が川で溺れ死んだ事故には、キャップを被った怪しい男が絡んでいたらしい、ってことも」

「知っています」

「前にも言ったけれど、源田さんの勘は昔から鋭かった。だから彼がそう考えた以上わたしも、おそらくその男が、藤倉さんという女性を川に突き落とすなりして死なせたんだと思う」

「おれも同じ心証を持ちましたよ」

そんなふうに答えてみたところ、百目鬼はちらりと下からおれの顔を覗き込んできた。

「やっぱりそう感じたの？　ムコくんも」

「……はい」

「それにしてもね、おかしい点があるのよ」

「どんなことですか」

「あなたも知っているはずだけど、源田さんは自宅でキャップ男の似顔絵を描いて、それを駐在所へ持ち込んでいたの」

「ええ、そうでした」

「でもね、源田さんの遺体を調べた捜査員をつかまえて訊いてみたら、掘り出されたとき彼はその似顔絵を身につけていなかった、というのよね」

　思わず息を止めていた。

　冷たい汗が脇の下を走っていく。

　そんなおれの顔に、百目鬼はじっと視線を当ててくる。

「……それは、たしかにちょっと変ですね。でもたぶん、圧死したとき、落ちてきた二階の建材とか土砂に紛れてしまったんじゃないでしょうか」

　言い訳を絞り出した直後、鼻腔に土砂の臭いを強く感じた。フラッシュバックに襲われたせいだ。前触れもなく、意識が生き埋め状態の現場に引き戻されてしまう。救助されて以来、数十分に一度ぐらいの割合で、そういう症状に見舞われ続けていた。

「そうかもしれないね。――ところでムコくん、覚えてる？」

「何をでしょうか」

「わたしとの電話をほぼ終えた源田さんが、通話を切る間際に何と言ったかを」

　そんな質問を投げてきた百目鬼の意図をあれこれ考えつつ、おれは記憶を探った。

「電話の最後の方では、たしか、似顔絵をどうやって送るかの話をしていましたよね」

「そう」

「……思い出しました。『では頑張ってみますよ、そちらにファックスで送れるように』です。たしか、そう言って電話を切ったはずですよ」

ただし肝心のファックス専用機を土砂の下から掘り出すことは、結局できなかったが。

「待って、本当にそれで合ってる?」

「ええ。間違いありません」

おれは記憶力にはかなりの自信を持っている。

「違うよ。そうは言ってなかった」

「じゃあ何と言ったんですか」

「『ファックスで送れる』じゃなくて『ファックスの方法で送れる』だよ。源田さんはそう言ったはず」

おれはもう一度記憶を探った。そこまで詳しくは覚えていないが、もしかしたら百目鬼の言うとおりだったかもしれない。

「でもそれって、同じことじゃないんですか」

百目鬼は首を横に振った。「全然違う」

「では何なんですか、『ファックスの方法』というのは」

「ファックスの機器じゃなくて、ファックスの原理を使った送信法のことだよ」

まだ百目鬼の言うことがピンとこなかった。

「ファックスというものは、どうして文字や絵を送ることができるんだろうね。ムコくんは知ってる？　その原理を」

「いいえ。詳しくは知りません」

「じゃあ教えようか、簡単に」

百目鬼は、おれの机上に腕を伸ばしてきて、そこに置いてあった車上ねらいの似顔絵を自分の手元に引き寄せた。

そしてもう一つ別の紙をも準備する。こちらはトレース用の一ミリ方眼紙で、先ほど百目鬼が自分の手で縦横に番号を振っておいたものだ。

百目鬼はまず似顔絵の方を手にし、そこに描いてある車上ねらいの顔の線を指でなぞってみせた。

「どんな似顔絵にも、こういう輪郭線というものがあるよね」

「ありますね」

次に彼女は方眼紙を手にして言った。

「一方、この手の紙には、縦線と横線の交わる点がいくつもあるでしょ。一般的には交点と呼ばれる点が」

おれは「ありますね」と繰り返した。

「じゃあ、いま言った二つを念頭に置いておいてよ。似顔絵の輪郭線と方眼紙の交点。その二つをね」

「はあ」

百目鬼の意図を測りかねているおれが曖昧な返事をすると、彼女は似顔絵の上に方眼紙を被せた。

「さて、こうやると、どう？　その二つがうまく重なる部分が、幾つか出現するよね」

おれは半透明の方眼紙を通して、車上ねらいの顔の輪郭線を目で追ってみた。すると百目鬼の言うとおり、方眼紙上にある無数の交点のうち、幾つかがちょうどその線の真上にくることが分かった。その「うまく重なる部分」に、百目鬼は鉛筆で黒い小さな丸印をつけはじめた。

似顔絵を構成する線のすべてではなく、やはり輪郭線についてだけその作業を行なっているようだ。頭髪や眉毛、目、鼻といったほかの部分は無視している。

そうして輪郭線の真上に位置する交点を全部マークし終えると、百目鬼は方眼紙の下から似顔絵を取り外した。

今度、彼女は鉛筆をシャープペンシルに持ち替えた。そして、方眼紙の縦と横に振った番号に従い、いまマークした点の一つ一つに、9の二十、11の二十五、15の三十といったように座標としての数値を与え、それを各々の点付近にごく細い字で書き込んでいった。

その作業も終えると、彼女はおれに別の一ミリ方眼紙を手渡してきた。これもすでに百目鬼の手で縦横に番号を振ってある一枚だ。

百目鬼本人は、先ほど黒丸をマークした方眼紙を持って席を立った。そしていま留守にしている先輩の席にある電話から、おれの机に内線をかけてよこした。

おれは受話器を取った。

《ムコくん、これからわたしが言う座標を、いまあなたが持っている方眼紙に鉛筆でマークしていってもらえる?》

すぐ近くで喋っているわけだから、受話器を通して聞こえてくる声に加えて、百目鬼の肉声もおれの耳には届いた。

「分かりました」

《じゃあ言うよ。9の二十、11の二十五、15の三十……》

百目鬼が口にした座標の数は全部で三十ほどもあった。

おれがそれらを方眼紙の上にマークし終えると、彼女は続けた。

《その点と点を、線で繋いでみて》

言われたとおりにした。

すると百目鬼がこちらへ戻ってきて、おれがいま線を引いた方眼紙の隣に、車上ねらいの似顔絵を置いた。

そのようにして二つを見比べてみたところ、おれの描いた線は、やや角張ってはいるものの、オリジナルである似顔絵の輪郭線と驚くほど類似したものになっていた。

「ね。これで理解できたでしょ、ファックスの原理が」

「……はい」

いまの実演に即して言えば、百目鬼が送り手側のファックス機で、おれが受け手側のそれだと考えればいい。すなわち前者が座標を送り、後者はそれを受け取って、座標どおりに紙の上に点を打つなり線を引くなりするわけだ。それだけのことだから、実にシンプルな原理と言えた。

「そしてもう一つ分かったことがあるんじゃない？」

「ええ、あります」

「じゃあ言ってみて」

もう駄目だ。百目鬼にはすべてを見透かされている。

「ファックスの機器がなくても、方眼紙上の座標さえ分かれば、電話で似顔絵を送信できるということです」

そのときには、おれはもうすっかり観念していた。だから、それだけの言葉を口にしても、声が変に上擦ってしまうこともなかった。

「ちょっと似ていますね」そう言って、おれはふっと笑った。「遠隔地から座標を送り合う郵便碁と」

「そうだね。いま送ったのは輪郭の座標のみだったけれど、頭髪、眉毛、目、鼻、耳、口だって、もちろん同じように座標化すれば電話で送信できる。そして、それらすべてのパーツを一枚の方眼紙上に再現すれば、完全に近い似顔絵を送信できたことになる」

そう言って、百目鬼は机の抽斗から、もう一枚の紙を取り出した。これもトレース用の一ミリ方眼紙のようだが、きれいに折り畳まれている。

「ほら、こんなふうに」

百目鬼がそれを広げて見せると、そこには思ったとおり、焼却処分した似顔絵と寸分たがわないおれ、向江尚の顔が描かれていた。

まさに源田が描いた絵の、ほぼ完全な複製品だった。

ファックスがないから似顔絵を送れない。そのような相談を源田から受けた百目鬼は、「似顔絵に一ミリ方眼紙を重ねるように」と指示したのだ。

そして顔のパーツごとに、絵の線と方眼紙の交点がぴたりと重なる箇所に印をつけさせ、それに数字を付与して座標化させた。

その座標を源田に電話で読み上げさせることで、ファックスなしで正確な似顔絵を手に入れた。

それがすなわち「ファックスの方法」であり、おれが寝落ちしている間に源田と百目鬼の間で行なわれていたことだったのだ。

「……自首します」

百目鬼にそう伝えた直後、またフラッシュバックが起きたせいで、おれの鼻腔内には、湿った土砂の嫌な臭いが猛烈な勢いでなだれ込んできた。

初出誌「オール讀物」

裏庭のある交番　二〇二一年十二月号
瞬刻の魔　二〇二四年七・八月号
曲がった残効　二〇二四年五月号
冬の刻印　二〇二三年十二月号
嚙みついた沼　二〇二三年六月号
土中の座標　二〇二四年十一・十二月号

参考文献

『人に聞けない受験作戦　昇任試験合格の秘訣』
正木翔・著（立花書房）

長岡弘樹（ながおか・ひろき）
1969年山形県生まれ。筑波大学第一学群社会学類卒業。2003年「真夏の車輪」で小説推理新人賞を受賞し、05年『陽だまりの偽り』でデビュー。08年「傍聞き」で日本推理作家協会賞短編部門を受賞。13年刊行の『教場』は同年の「週刊文春ミステリーベスト10」国内部門1位、翌年の「本屋大賞」6位となった。他の著書に『119』『教場X　刑事指導官・風間公親』『球形の囁き』『殺人者の白い檻』『幕間のモノローグ』など。

交番相談員　百目鬼巴（こうばんそうだんいん　どうめきともえ）
二〇二五年四月　十　日　第一刷発行
二〇二五年七月二十五日　第四刷発行
著　者　長岡弘樹（ながおかひろき）
発行者　花田朋子
発行所　株式会社 文藝春秋
〒一〇二―八〇〇八
東京都千代田区紀尾井町三―二三
電話　〇三・三二六五・一二一一（代表）
印刷所　TOPPANクロレ
製本所　若林製本
組　版　LUSH
万一、落丁・乱丁の場合は送料小社負担でお取替えいたします。小社製作部宛、お送りください。
定価はカバーに表示してあります。

本作品はフィクションであり、実在の場所、団体、個人等とは一切関係ありません。

ISBN978-4-16-391967-6